KLASSISCHE GEDANKEN

Treffende Zitate von Goethe und Schiller

Herausgegeben von Nikolas Immer

wtv – Weimarer Texte

Klassische Gedanken
Treffende Zitate von Goethe und Schiller

Herausgegeben von Nikolas Immer

ISBN: 978-3-939964-33-9

weimarer *t*aschenbuch verlag
in der Verlagsgesellschaft Ltd.
info@verlag-weimar.de
www.verlag-weimar.de

Umschlaggestaltung, Layout und Satz:
carradesign / Anja Carrà, Weimar

Dieser Titel ist in „Walbaum“ gesetzt als Reminiszenz an den bedeutenden Weimarer Drucker und Schriftsetzer Walbaum.

Printed in the EU.

Der Herausgeber und der Verlag bedanken sich bei Hans Hoffmeister und der Thüringischen Landeszeitung für die anregende Zusammenarbeit, Helmut Büttner und der Stadtwerke Weimar Stadtversorgungs-GmbH für die freundliche Unterstützung.

Inhalt

Vorwort

Das produktive Zusammenwirken der Dichter Johann Wolfgang Goethe und Friedrich Schiller wurde von Goethe selbst in der Rückschau als ‚glückliches Ereignis' charakterisiert. Glücklich war die Begegnung vor allem deshalb, weil sich beide Poeten wechselseitig bereicherten, miteinander poetologische Probleme diskutierten und ein gemeinsames ästhetisches Programm entwarfen. Im sogenannten ‚klassischen Jahrzehnt' entstand eine Vielzahl von herausragenden literarischen Werken, deren Strahlkraft bis in die unmittelbare Gegenwart hineinreicht.

Im Zuge der Rezeption von Goethes und Schillers Werken trugen vor allem die Dichterfeiern des 19. Jahrhunderts dazu bei, beide Dichter als nationale Heroen zu inthronisieren. Aufgrund der anhaltenden Verehrung und Verklärung wurden aus ihnen Klassiker, denen man die ersten Plätze im Kanon der deutschen Literatur sicherte. Ihre Popularisierung wurde sowohl durch die vielfältigen Editionen ihrer Werke als auch durch deren Verankerung im schulischen Lehrprogramm erreicht.

Ein berühmtes Zeugnis der verschiedenen Facetten, Goethe und Schiller zu popularisieren, verkörpert insbesondere ‚der Büchmann', eine Sammlung ‚geflügelter Worte', deren Wendungen vielfach Eingang in das kulturelle Gedächtnis gefunden haben. 1864 erstmals gedruckt, füllten allein die Zitate, die Goethes Werken entnommen worden waren, mehr als 50 Seiten. Inzwischen hat ‚der Büchmann' seine 43. Auflage erreicht, ein Umstand, der belegt, daß nach wie vor ein großes Interesse daran besteht, auf einen konzentrierten ‚Zitatenschatz' zurückgreifen zu können.

Was diese traditionsreiche Sammlung im Großen leistet, soll hier im Kleinen geboten werden. Aus dem umfangreichen Œuvre Goethes und Schillers wurden sowohl ‚klassisch' gewordene Gedanken als auch weniger bekannte Zitate ausgewählt und thematisch geordnet. Damit erhält der Leser nicht nur eine kompakte, ja handliche Zusammenstellung von zumeist geflügelten und einigen noch ungeflügelten Gedanken, Redewendungen und Weisheiten. Auch bieten die vorgestellten Zitate punktuelle Einblicke in die zumeist umfänglicheren Texte. In dieser Hinsicht sind die Zitate als eine Brücke zu verstehen, die dazu anregen soll, den Weg zu den vollständigen Werken zu beschreiten.

Nikolas Immer

Weimar, im Mai 2009

Zur Textgestalt

Die vorliegende Auswahl ‚klassischer Gedanken' folgt einer verlagsseitig vorgegebenen Zusammenstellung, die vom Herausgeber textkritisch revidiert und thematisch geordnet wurde. Sämtliche Zitate wurden anhand der Hamburger (HA) und Frankfurter Goethe-Ausgabe (FA_G) sowie der Frankfurter Schiller-Ausgabe (FA_S) überprüft. Aus technischen Gründen folgen Passagen aus Goethes Romanen *Die Leiden des jungen Werthers*, *Wilhelm Meisters Lehrjahre*, *Wilhelm Meisters Wanderjahre* und *Die Wahlverwandtschaften*, aus den autobiographischen Schriften, den Reiseberichten und den ästhetischen Schriften sowie Zitate aus den *Xenien*, den *Maximen und Reflexionen* und dem *West-östlichen Divan* der Hamburger Ausgabe, alle übrigen Werke und Schriften Goethes der Frankfurter Ausgabe. Die versammelten Texte sind zudem über das beigegebene Sachregister erschlossen.

FA_G – Johann Wolfgang Goethe: Sämtliche Werke. Briefe, Tagebücher und Gespräche. 40 Bde. Frankfurter Ausgabe. Hg. von Hendrik Birus u.a. Frankfurt a.M. 1985–1999.
FA_S – Friedrich Schiller: Werke und Briefe in zwölf Bänden. Frankfurter Ausgabe. Hg. von Otto Dann u.a. Frankfurt a.M. 1988–2004.
HA – Johann Wolfgang Goethe: Werke. Hamburger Ausgabe in 14 Bde. Textkritisch durchgesehen und kommentiert von Erich Trunz u.a. Hamburg 1948–1960.

1. Wissen und Erkenntnis

Allwissend bin ich nicht; doch viel ist mir bewußt.
(J. W. Goethe in: Faust I, Vers 1582 / Mephistopheles)

Bescheidne Wahrheit sprech' ich dir.
Wenn sich der Mensch, die kleine Narrenwelt,
Gewöhnlich für ein Ganzes hält…
(J. W. Goethe in: Faust I, Vers 1346-1348 / Mephistopheles)

Daß ich erkenne was die Welt
Im Innersten zusammenhält…
(J. W. Goethe in: Faust I, Vers 382-383 / Faust)

Der saubern Herren Pfuscherei
Ist, merk' ich, schon bei euch Maxime.
(J. W. Goethe in: Faust I, Vers 106-107 / Dichter)

…die Zeiten der Vergangenheit
Sind uns ein Buch mit sieben Siegeln…
(J. W. Goethe in: Faust I, Vers 575-576 / Faust)

Du gleichst dem Geist, den Du begreifst…
(J. W. Goethe in: Faust I, Vers 512 / Geist)

Ein guter Mensch in seinem dunkeln Drange
Ist sich des rechten Weges wohl bewußt.
(J. W. Goethe in: Faust I, Vers 328-329 / Der Herr)

ꙮ

Ein jeder lernt nur was er lernen kann;
Doch der den Augenblick ergreift,
Das ist der rechte Mann.
(J. W. Goethe in: Faust I, Vers 2016-2018 / Mephistopheles)

ꙮ

Ein Mann, der recht zu wirken denkt,
Muß auf das beste Werkzeug halten.
(J. W. Goethe in: Faust I, Vers 109-110 / Direktor)

ꙮ

Es irrt der Mensch, so lang' er strebt.
(J. W. Goethe in: Faust I, Vers 317 / Der Herr)

ꙮ

Es war die Art zu allen Zeiten, […]
Irrtum statt Wahrheit zu verbreiten.
(J. W. Goethe in: Faust I, Vers 2560, 2562 / Mephistopheles)

ꙮ

Gewöhnlich glaubt der Mensch, wenn er nur Worte hört,
Es müsse sich dabei doch auch was denken lassen.
(J. W. Goethe in: Faust I, Vers 2565-2566 / Mephistopheles)

ꙮ

Grau, teurer Freund, ist alle Theorie
Und grün des Lebens goldner Baum.
(J. W. Goethe in: Faust I, 2038-2039 / Mephistopheles)

Habe nun, ach! Philosophie,
Juristerei und Medizin,
Und leider auch Theologie!
Durchaus studiert, mit heißem Bemühn.
Da steh' ich nun, ich armer Tor!
Und bin so klug als wie zuvor…
(J. W. Goethe in: Faust I, Vers 354-359 / Faust)

Ich hab' es öfters rühmen hören,
Ein Komödiant könnt' einen Pfarrer lehren.
(J. W. Goethe in: Faust I, Vers 526-527 / Wagner)

Nach einem selbstgesteckten Ziel
Mit holdem Irren hinzuschweifen,
Das, alte Herrn, ist eure Pflicht.
(J. W. Goethe in: Faust I, Vers 208-210 / Lustige Person)

O glücklich! wer noch hoffen kann
Aus diesem Meer des Irrtums aufzutauchen.
Was man nicht weiß das eben brauchte man,
Und was man weiß kann man nicht brauchen.
(J. W. Goethe in: Faust I, Vers 1064-1067 / Faust)

Viel Irrtum und ein Fünkchen Wahrheit,
So wird der beste Trank gebraut,
Der alle Welt erquickt und auferbaut.
(J. W. Goethe in: Faûst I, Vers 171-172 / Lustige Person)

ꙮ

Was ihr den Geist der Zeiten heißt,
Das ist im Grund der Herren eigner Geist,
In dem die Zeiten sich bespiegeln.
(J. W. Goethe in: Faust I, Vers 577-579 / Faust)

ꙮ

Wie anders tragen uns die Geistesfreuden,
Von Buch zu Buch, von Blatt zu Blatt!
Da werden Winternächte hold und schön,
Ein selig Leben wärmet alle Glieder,
Und ach! entrollst du gar ein würdig Pergamen,
So steigt der ganze Himmel zu dir nieder.
(J. W. Goethe in: Faust I, Vers 1104-1109 / Wagner)

ꙮ

Zwar weiß ich viel, doch möcht' ich alles wissen.
(J. W. Goethe in: Faust I, Vers 601 / Wagner)

ꙮ

... Auch ein gelehrter Mann
Studiert so fort, weil er nicht anders kann.
So baut man sich ein mäßig Kartenhaus,
Der größte Geist bauts doch nicht völlig aus.
(J. W. Goethe in: Faust II, Vers 6638-6641 / Mephistopheles)

ꙮ

Auf strenges Ordnen, raschen Fleiß,
Erfolgt der allerschönste Preis;
Daß sich das größte Werk vollende,
Genügt Ein Geist für tausend Hände.
(J. W. Goethe in: Faust II, Vers 11507-11510 / Faust)

Da ist für mich nichts Neues zu erfahren,
Das kenn ich schon seit hunderttausend Jahren.
(J. W. Goethe in: Faust II, Vers 10210-10211 / Mephistopheles)

Daran erkenn ich den gelehrten Herrn!
Was ihr nicht tastet, steht euch meilenfern,
Was ihr nicht faßt, das fehlt euch ganz und gar,
Was ihr nicht rechnet, glaubt ihr sei nicht wahr,
Was ihr nicht wägt, hat für euch kein Gewicht,
Was ihr nicht münzt, das meint ihr gelte nicht.
(J. W. Goethe in: Faust II, Vers 4917-4922 / Mephistopheles)

Denn wer den Schatz, das Schöne, heben will
Bedarf der Höchsten Kunst, Magie der Weisen.
(J. W. Goethe in: Faust II, Vers 6315-6316 / Mephistopheles)

Denn, wo Gespenster Platz genommen,
Ist auch der Philosoph willkommen.
Damit man seiner Kunst und Gunst sich freue,
Erschafft er gleich ein Dutzend neue.
(J. W. Goethe in: Faust II, Vers 7843-7846 / Mephistopheles)

Der Philosoph, er weiß es nicht zu fassen,
Da liegt der Fels, man muß ihn liegen lassen,
Zu Schanden haben wir uns schon gedacht.
(J. W. Goethe in: Faust II, Vers 10113-10115 / Mephistopheles)

Es leuchtet! seht! – Nun lässt sich wirklich hoffen
Daß, wenn wir aus viel hundert Stoffen,
Durch Mischung, denn auf Mischung kommt es an,
Den Menschenstoff gemächlich komponieren,
In einen Kolben verlutieren
Und ihn gehörig kohobieren,
So ist das Werk im Stillen abgetan.
(J. W. Goethe in: Faust II, Vers 6848-6854 / Wagner)

Essenzen solcher edlen Weine,
Gold und Juwelen nicht alleine
Umhüllen sich mit Nacht und Graus.
Der Weise forscht hier unverdrossen;
Am Tag' erkennen, das sind Possen,
Im Finstern sind Mysterien zu Haus.
(J. W. Goethe in: Faust II, Vers 5027-5032 / Mephistopheles)

...Hat Rat bei Menschen je gegolten?
Ein kluges Wort erstarrt im harten Ohr.
(J. W. Goethe in: Faust II, Vers 8106-8107 / Nereus)

Nun schaut der Geist nicht vorwärts nicht zurück,
Die Gegenwart allein – Ist unser Glück.
(J. W. Goethe in: Faust II, Vers 9381-9382 / Faust und Helena)

Was soll uns denn das ewge Schaffen,
Geschaffenes zu nichts hinwegzuraffen?
(J. W. Goethe in: Faust II, Vers 11598-11599 / Mephistopheles)

Wenn du nicht irrst, kommst du nicht zu Verstand!
Willst du entstehn, entsteh' auf eigne Hand!
(J. W. Goethe in: Faust II, Vers 7847-7848 / Mephistopheles)

Wenn man der Jugend reine Wahrheit sagt,
Die gelben Schnäbeln keineswegs behagt,
Sie aber hinterdrein nach Jahren
Das alles derb an eigner Haut erfahren,
Dann dünkeln sie es käm' aus eignem Schopf…
(J. W. Goethe in: Faust II, Vers 6744-6748 / Mephistopheles)

Wer immer strebend sich bemüht
Den können wir erlösen.
(J. W. Goethe in: Faust II, Vers 11936-11937 / Engel)

Wer kann was Dummes, wer was Kluges denken,
Das nicht die Vorwelt schon gedacht?
(J. W. Goethe in: Faust II, Vers 6809-6810 / Mephistopheles)

Wie sich Verdienst und Glück verketten
Das fällt den Toren niemals ein;
Wenn sie den Stein der Weisen hätten
Der Weise mangelte dem Stein.
(J. W. Goethe in: Faust II, Vers 5061-5064 / Mephistopheles)

Alles Gescheite ist schon gedacht worden, man muß nur versuchen, es noch einmal zu denken.
(J. W. Goethe in: Wilhelm Meisters Wanderjahre, Buch II, Betrachtungen im Sinne der Wanderer, Kunst, Ethisches, Natur)

Das Einfache durch das Zusammengesetzte, das Leichte durch das Schwierige erklären zu wollen, ist ein Unheil, das in dem ganzen Körper der Wissenschaft verteilt ist...
(J. W. Goethe in: Wilhelm Meisters Wanderjahre, Buch II, Betrachtungen im Sinne der Wanderer. Kunst, Ethisches, Natur)

Das Gewebe dieser Welt ist aus Notwendigkeit und Zufall gebildet; die Vernunft des Menschen stellt sich zwischen beide, und weiß sie zu beherrschen, sie behandelt das Notwendige als den Grund ihres Daseins; das Zufällige weiß sie zu lenken, zu leiten und zu nutzen, und nur, indem sie fest und uner-

schütterlich steht, verdient der Mensch ein Gott der Erde genannt zu werden.
(J. W. Goethe in: Wilhelm Meisters Lehrjahre, Buch I, Kapitel 17)

Das Menschenpack fürchtet sich vor nichts mehr, als vor dem Verstande; vor der Dummheit sollten sie sich fürchten, wenn sie begriffen, was fürchterlich ist; aber jener ist unbequem, und man muß ihn bei Seite schaffen, diese ist nur verderblich, und das kann man abwarten.
(J. W. Goethe in: Wilhelm Meisters Lehrjahre, Buch VII, Kapitel 3)

Das Wahre ist gottähnlich; es erscheint nicht unmittelbar, wir müssen es aus seinen Manifestationen erraten.
(J. W. Goethe in: Wilhelm Meisters Wanderjahre, Buch III, Aus Makariens Archiv)

Den besten Unterricht zieht man aus vollständiger Umgebung.
(J. W. Goethe in: Wilhelm Meisters Wanderjahre, Buch I, Kapitel 4)

Denn die Götter lehren uns ihr eigenstes Werk nachahmen; doch wissen wir nur was wir tun, erkennen aber nicht was wir nachahmen.
(J. W. Goethe in: Wilhelm Meisters Wanderjahre, Buch III, Aus Makariens Archiv)

Der denkende Mensch hat die wunderliche Eigenschaft, daß er an die Stelle, wo das unaufgelöste Problem liegt, gern ein Phantasiebild hinfabelt, das er nicht los werden kann.
(J. W. Goethe in: Wilhelm Meisters Wanderjahre, Buch II, Betrachtungen im Sinne der Wanderer. Kunst, Ethisches, Natur)

Der echte Schüler lernt aus dem Bekannten das Unbekannte entwickeln und nähert sich dem Meister.
(J. W. Goethe in: Wilhelm Meisters Wanderjahre, Buch III, Aus Makariens Archiv)

Der Mensch muß bei dem Glauben verharren, daß das Unbegreifliche begreiflich sei; er würde sonst nicht forschen.
(J. W. Goethe in: Wilhelm Meisters Wanderjahre, Buch II, Betrachtungen im Sinne der Wanderer. Kunst, Ethisches, Natur)

Die Menge fragt bei einer jeder neuen bedeutenden Erscheinung, was sie nutze, und sie hat nicht Unrecht; denn sie kann bloß durch den Nutzen den Wert einer Sache gewahr werden.
(J. W. Goethe in: Wilhelm Meisters Wanderjahre, Buch III, Aus Makariens Archiv)

Die Theorie an und für sich ist nichts nütze, als in so fern sie uns an den Zusammenhang der Erscheinungen glauben macht.
(J. W. Goethe in: Wilhelm Meisters Wanderjahre, Buch II, Betrachtungen im Sinne der Wanderer. Kunst, Ethisches, Natur)

Es geschieht nichts Unvernünftiges, das nicht der Verstand oder Zufall wieder in die Richte brächten; nichts Vernünftiges, das Unverstand und Zufall nicht mißleiten könnten.
(J. W. Goethe in: Wilhelm Meisters Wanderjahre, Buch II, Betrachtungen im Sinne der Wanderer. Kunst, Ethisches, Natur)

Es ist nicht genug, zu wissen, man muß auch anwenden; es ist nicht genug zu wollen, man muß auch tun.
(J. W. Goethe in: Wilhelm Meisters Wanderjahre, Buch III, Aus Makariens Archiv)

Hypothesen sind Wiegenlieder womit der Lehrer seine Schüler einlullt…
(J. W. Goethe in: Wilhelm Meisters Wanderjahre, Buch II, Betrachtungen im Sinne der Wanderer. Kunst, Ethisches, Natur)

In den Werken des Menschen wie in denen der Natur sind eigentlich die Absichten vorzüglich der Aufmerksamkeit wert.
(J. W. Goethe in: Wilhelm Meisters Wanderjahre, Buch II, Betrachtungen im Sinne der Wanderer. Kunst, Ethisches, Natur)

Jede große Idee, sobald sie in Erscheinung tritt, wirkt tyrannisch; daher die Vorteile die sie hervorbringt, sich nur allzubald in Nachteile verwandeln.
(J. W. Goethe in: Wilhelm Meisters Wanderjahre, Buch II, Betrachtungen im Sinne der Wanderer. Kunst, Ethisches, Natur)

Man sagt: zwischen zwei entgegengesetzten Meinungen liege die Wahrheit mitten inne. Keineswegs! Das Problem liegt dazwischen, das Unschaubare, das ewig tätige Leben in Ruhe gedacht.
(J. W. Goethe in: Wilhelm Meisters Wanderjahre, Buch II, Betrachtungen im Sinne der Wanderer. Kunst, Ethisches, Natur)

Man tut immer besser, daß man sich grad ausspricht wie man denkt, ohne viel beweisen zu wollen: denn alle Beweise die wir vorbringen sind doch nur Variationen unserer Meinungen, und die Widriggesinnten hören weder auf das Eine noch auf das Andere.
(J. W. Goethe in: Wilhelm Meisters Wanderjahre, Buch II, Betrachtungen im Sinne der Wanderer. Kunst, Ethisches, Natur)

Tief und ernstlich denkende Menschen haben gegen das Publikum einen bösen Stand.
(J. W. Goethe in: Wilhelm Meisters Wanderjahre, Buch II, Betrachtungen im Sinne der Wanderer. Kunst, Ethisches, Natur)

Was nicht mehr entsteht, können wir uns als entstehend nicht denken! Das Entstandene begreifen wir nicht.
(J. W. Goethe in: Wilhelm Meisters Wanderjahre, Buch II, Betrachtungen im Sinne der Wanderer. Kunst, Ethisches, Natur)

Wer sich mit reiner Erfahrung begnügt und darnach handelt, der hat Wahres genug. Das heranwachsende Kind ist weise in diesem Sinne.
(J. W. Goethe in: Wilhelm Meisters Wanderjahre, Buch II, Betrachtungen im Sinne der Wanderer. Kunst, Ethisches, Natur)

Wie kann man sich selbst kennen lernen? Durch Betrachten niemals, wohl aber durch Handeln.
(J. W. Goethe in: Wilhelm Meisters Wanderjahre, Buch II, Betrachtungen im Sinne der Wanderer. Kunst, Ethisches, Natur)

Wir würden gar vieles besser kennen, wenn wir es nicht zu genau erkennen wollten.
(J. W. Goethe in: Wilhelm Meisters Wanderjahre, Buch II, Betrachtungen im Sinne der Wanderer. Kunst, Ethisches, Natur)

Alle Empiriker streben nach der Idee und können sie in der Mannigfaltigkeit nicht entdecken; alle Theoretiker suchen sie im Mannigfaltigen und können sie darin nicht auffinden.
(J. W. Goethe in: Maximen und Reflexionen, Nr. 409)

Alles Spinozistische in der poetischen Produktion wird in der Reflexion Machiavellismus.
(J. W. Goethe in: Maximen und Reflexionen, Nr. 522)

Begriff ist Summe, Idee Resultat der Erfahrung; jene zu ziehen, wird Verstand, dieses zu erfassen, Vernunft erfordert.
(J. W. Goethe in: Maximen und Reflexionen, Nr. 537)

...daher denn auch der Mathematiker seine Formelsprache so hoch steigert, um, insofern es möglich, in der meßbaren und zählbaren Welt die unmeßbare mitzubegreifen. Nun erscheint ihm alles greifbar, faßlich und mechanisch, und er kommt in den Verdacht eines heimlichen Atheismus, indem er ja das Unmeßbarste, welches wir Gott nennen, zugleich mitzuerfassen glaubt und daher dessen besonderes oder vorzügliches Dasein aufzugeben scheint.
(J. W. Goethe in: Maximen und Reflexionen, Nr. 641)

Das schönste Glück des denkenden Menschen ist, das Erforschliche erforscht zu haben und das Unerforschliche ruhig zu verehren.
(J. W. Goethe in: Maximen und Reflexionen, Nr. 718)

Denken ist interessanter als Wissen, aber nicht als Anschauen.
(J. W. Goethe in: Maximen und Reflexionen, Nr. 242)

Das Wahre ist eine Fackel, aber eine ungeheure; deswegen suchen wir alle nur blinzend so daran vorbei zu kommen, in Furcht sogar, uns zu verbrennen.
(J. W. Goethe in: Maximen und Reflexionen, Nr. 291)

Der echte Schüler lernt aus dem Bekannten das Unbekannte entwickeln und nähert sich dem Meister.
(J. W. Goethe in: Maximen und Reflexionen, Nr. 1233)

Der Irrtum ist viel leichter zu erkennen, als die Wahrheit zu finden; jener liegt auf der Oberfläche, damit läßt sich wohl fertig werden; diese ruht in der Tiefe, danach zu forschen ist nicht jedermanns Sache.
(J. W. Goethe in: Maximen und Reflexionen, Nr. 325)

Der Irrtum wiederholt sich immerfort in der Tat, deswegen muß man das Wahre unermüdlich in Worten wiederholen.
(J. W. Goethe in: Maximen und Reflexionen, Nr. 319)

Der Scharfsinn verläßt geistreiche Männer am wenigsten, wenn sie unrecht haben.
(J. W. Goethe in: Maximen und Reflexionen, Nr. 338)

Derjenige, der sich mit Einsicht für beschränkt erklärt, ist der Vollkommenheit am nächsten.
(J. W. Goethe in: Maximen und Reflexionen, Nr. 1223)

Die Dunkelheit gewisser Maximen ist nur relativ: nicht alles ist dem Hörenden deutlich zu machen, was dem Ausübenden einleuchtet.
(J. W. Goethe in: Maximen und Reflexionen, Nr. 349)

Die Mathematiker sind eine Art Franzosen; redet man zu ihnen, so übersetzen sie es in ihre Sprache, und dann ist es alsobald ganz etwas anders.
(J. W. Goethe in: Maximen und Reflexionen, Nr. 652)

Die Weisheit ist nur in der Wahrheit.
(J. W. Goethe in: Maximen und Reflexionen, Nr. 226)

Die Wissenschaften so gut als die Künste bestehen in einem überlieferbaren (realen), erlernbaren Teil und in einem unüberlieferbaren (idealen), unlernbaren Teil.
(J. W. Goethe in: Maximen und Reflexionen, Nr. 395)

Die Wissenschaften zerstören sich auf doppelte Weise selbst: durch die Breite, in die sie gehen, und durch die Tiefe, in die sie sich versenken.
(J. W. Goethe in: Maximen und Reflexionen, Nr. 402)

Ein Unterschied, der dem Verstand nichts gibt, ist kein Unterschied.
(J. W. Goethe in: Maximen und Reflexionen, Nr. 510)

Eine falsche Lehre läßt sich nicht widerlegen, denn sie ruht ja auf der Überzeugung, daß das Falsche wahr sei. Aber das Gegenteil kann, darf und muß man wiederholt aussprechen.
(J. W. Goethe in: Maximen und Reflexionen, Nr. 320)

Eine nachgesprochne Wahrheit verliert schon ihre Grazie, aber ein nachgesprochner Irrtum ist ganz ekelhaft.
(J. W. Goethe in: Maximen und Reflexionen, Nr. 326)

Es ist mir in den Wissenschaften gegangen wie einem, der früh aufsteht, in der Dämmrung die Morgenröte, sodann aber die Sonne ungeduldig erwartet und doch, wie sie hervortritt, geblendet wird.
(J. W. Goethe in: Maximen und Reflexionen, Nr. 290)

Es ist mit den Jahren wie mit den Sibyllinischen Büchern: je mehr man ihrer verbrennt, desto teurer werden sie.
(J. W. Goethe in: Maximen und Reflexionen, Nr. 1314)

Es ist nichts furchtbarer anzuschauen als grenzenlose Tätigkeit ohne Fundament.
(J. W. Goethe in: Maximen und Reflexionen, Nr. 249)

Es ist nichts trauriger anzusehn als das unvermittelte Streben ins Unbedingte in dieser durchaus bedingten Welt…
(J. W. Goethe in: Maximen und Reflexionen, Nr. 252)

Gewisse Bücher scheinen geschrieben zu sein, nicht damit man daraus lerne, sondern damit man wisse, daß der Verfasser etwas gewußt hat.
(J. W. Goethe in: Maximen und Reflexionen, Nr. 460)

Glücklich diejenigen, die im Praktischen gegründet sind und sich zu gründen wissen!
(J. W. Goethe in: Maximen und Reflexionen, Nr. 249)

Madame Roland, auf dem Blutgerüste, verlangte Schreibzeug, um die ganz besondern Gedanken aufzuschreiben, die ihr auf dem letzten Wege vorgeschwebt. Schade, daß man ihr's versagte; denn am Ende des Lebens gehen dem gefaßten Geiste Gedanken auf, bisher undenkbare; sie sind wie selige Dämonen, die sich auf den Gipfeln der Vergangenheit glänzend niederlassen.
(J. W. Goethe in: Maximen und Reflektionen, Nr. 370)

Sich den Objekten in der Breite gleichstellen, heißt lernen; die Objekte in ihrer Tiefe auffassen, heißt erfinden.
(J. W. Goethe in Maximen und Reflexionen, Nr. 361)

Vor zwei Dingen kann man sich nicht genug in acht nehmen: beschränkt man sich in seinem Fache, vor Starrsinn, tritt man heraus, vor Unzulänglichkeit.
(J. W. Goethe in: Maximen und Reflexionen, Nr. 461)

Was man erfindet, tut man mit Liebe, was man gelernt hat, mit Sicherheit.
(J. W. Goethe in: Maximen und Reflexionen, Nr. 362)

Wer sich an eine falsche Vorstellung gewöhnt, dem wird jeder Irrtum willkommen sein.
(J. W. Goethe in: Maximen und Reflexionen, Nr. 317)

Sich mitzuteilen ist Natur; Mitgeteiltes aufzunehmen, wie es gegeben wird, ist Bildung.
(J. W. Goethe in: Die Wahlverwandtschaften, II, Kapitel 5, Aus Ottiliens Tagebuche)

Denn wer lange bedenkt, der wählt nicht immer das Beste.
(J. W. Goethe in: Hermann und Dorothea, 4. Gesang, Vers 105)

ꝏ

Toren und gescheite Leute sind gleich unschädlich. Nur die Halbnarren und Halbweisen, das sind die Gefährlichsten.

(J. W. Goethe in: Die Wahlverwandtschaften, II, Kapitel 5, Aus Ottiliens Tagebuche)

ꝏ

Die Möglichkeit.
Liegt der Irrtum nur erst, wie ein Grundstein, unten im Boden, Immer baut man darauf, nimmermehr kommt er an Tag.

(J. W. Goethe/F. Schiller in: Xenion, Nr. 43)

ꝏ

Der schöne Geist und der Schöngeist.
Nur das Leichtere trägt auf leichten Schultern der Schöngeist,
Aber der schöne Geist trägt das Gewichtige leicht.

(J. W. Goethe/F. Schiller in: Xenion, Nr. 98)

ꝏ

Seit sechzig Jahren seh' ich gröblich irren
Und irre so derb mit drein.
Da Labyrinthe nun das Labyrinth verwirren,
Wo soll euch Ariadne sein?

(J. W. Goethe in: Zahme Xenien II)

ꝏ

Der Wissenschaftler muß durch sein Handeln immer wieder kund tun, daß er zum humanen Teil der

Menschheit gehört.
(J. W. Goethe in: Zur Farbenlehre)

ꙮ

Anstatt verständig zu belehren und ruhig einzuwirken, streut man willkürlich Samen und Unkraut zugleich nach allen Seiten; kein Mittelpunkt, auf den hingeschaut werde, ist mehr gegeben, jeder Einzelne tritt als Lehrer und Führer hervor und gibt seine vollkommene Torheit für ein vollendetes Ganze.
(J. W. Goethe in: Geistesepochen, nach Hermanns neusten Mitteilungen)

ꙮ

Der Widerstand.
Aristokratisch gesinnt ist mancher Gelehrte, denn gleich ist's,
Ob man auf Helm und Schild oder auf Meinungen ruht.
(J. W. Goethe/F. Schiller in: Xenion, Nr. 174)

ꙮ

Dummes Zeug kann man viel reden,
Kann es auch schreiben,
Wird weder Leib noch Seele töten,
Es wird alles beim Alten bleiben.
Dummes aber, vor's Auge gestellt,
Hat ein magisches Recht;
Weil es die Sinne gefesselt hält,
Bleibt der Geist ein Knecht.
(J. W. Goethe in: Zahme Xenien II)

ꙮ

Durch Heftigkeit ersetzt der Irrende
Was ihm an Wahrheit und an Kräften fehlt.
(J. W. Goethe in: Torquato Tasso, Szene IV/4, Vers 2677-2678 / Antonio)

ஐ

Ein merkwürdiges Beispiel, wie die Nachwelt irgendeinem Vorfahren die Ehre zu rauben geneigt ist, sehen wir an den Bemühungen, die man sich gab, Christoph Colomb die Ehre der Entdeckung der neuen Welt zu entreißen. [...] aber es gehörte denn doch zuletzt ein Mann dazu, der das alles zusammenfaßte, um Fabel und Nachricht, Wahn und Überlieferung in Wirklichkeit zu verwandeln.
(J. W. Goethe in: Erfinden und Entdecken)

ஐ

Erkenne dich! – Was soll das heißen?
Es heißt: sei nur! und sei auch nicht!
Es ist eben ein Spruch der lieben Weisen,
Der sich in Kürze widerspricht.
(J. W. Goethe in: Sprüche, Nr. 28)

ஐ

Aber auch kein stolzer Gebet als um Weisheit, denn diese haben die Götter ein für allemal den Menschen versagt. Klugheit theilen sie aus, dem Stier nach seinen Hörnern und der Kazze nach ihren Klauen, sie haben alle Geschöpfe bewaffnet.
(J. W. Goethe in: Tagebuch, 13. Januar 1779)

ஐ

Analytiker.
Ist denn die Wahrheit ein Zwiebel, von dem man die Häute nur abschält?
Was ihr hinein nicht gelegt, ziehet ihr nimmer heraus.
(J. W. Goethe/F. Schiller in: Xenion, Nr. 19)

Nun so wäre denn endlich die Untersuchung in die Geheimnisse der Mathematik gehüllt, damit doch ja niemand so leicht wage, sich diesem Heiligtum zu nähern.
(J. W. Goethe in: Farbenlehre, Historischer Teil, Fontenelles Lobrede auf Newton)

Was nützt.
Schädliche Wahrheit, ich ziehe sie vor dem nützlichen Irrtum;
Wahrheit heilet den Schmerz, den sie vielleicht uns erregt.
(J. W. Goethe/F. Schiller in: Xenion, Nr. 129)

Sobald man spricht, beginnt man schon zu irren.
(J. W. Goethe in: Sprüche, Nr. 145)

Und wer des Knäuels zartes Ende hält,
Der schlingt sich wohl durchs Labyrinth der Welt.
(J. W. Goethe in: Die ersten Erzeugnisse der Stotternheimer Saline / Geognosie)

...man muß das Wahre immer wiederholen, weil auch der Irrtum um uns her immer wieder geprediget wird, und zwar nicht von einzelnen, sondern von der Masse. In Zeitungen und Enzyklopädien, auf Schulen und Universitäten, überall ist der Irrtum obenauf, und es ist ihm wohl und behaglich im Gefühl der Majorität, die auf seiner Seite ist.

(J. W. Goethe zu Johann Peter Eckermann, 16. Dezember 1828)

...es ist immer erbaulich sich zu überzeugen: daß im hohen Alter die verständige Vernunft, oder, wenn man will, der vernünftige Verstand sich als Stellvertreter der Sinne legitimieren darf.

(J. W. Goethe in: Brief an Carl F. Zelter, 16. Dezember 1829)

...auch eine schädliche Wahrheit ist nützlich, weil sie nur Augenblicke schädlich seyn kann und alsdann zu andern Wahrheiten führt, die immer nützlich und sehr nützlich werden müßen und umgekehrt ist ein nützlicher Irrthum schädlich, weil er es nur augenblicklich seyn kann und in andre Irrthümer verleitet die immer schädlicher werden.

(J. W. Goethe in: Brief an Charlotte von Stein, 8. Juni 1787)

Ein weiser Mann sollte das Wort Narr nicht so oft brauchen, besonders da ihm selbst der Hochmut so lästig ist.

(J. W. Goethe in: Brief an Ch. G. Voigt, 19. Dezember 1798)

Sobald man in der Wissenschaft einer gewissen beschränkten Konfession angehört, ist sogleich jede unbefangene treue Auffassung dahin. Der entschiedene Vulkanist wird immer nur durch die Brille des Vulkanisten sehen, so wie der Neptunist und der Bekenner der neuesten Hebungstheorie durch die seinige.
(J. W. Goethe zu Johann Peter Eckermann, 18. Mai 1824)

Deine Weisheit sei die Weisheit der grauen Haare, aber dein Herz – dein Herz sei das Herz der unschuldigen Kindheit.
(F. Schiller in: Die Räuber, Szene V/2 / Der alte Moor)

Mußt ins Breite dich entfalten,
Soll sich dir die Welt gestalten,
In die Tiefe mußt du steigen,
Soll sich dir das Wesen zeigen.
(F. Schiller in: Spruch des Konfucius)

Böse Zeiten.
Philosophen verderben die Sprache, Poeten die Logik,
Und mit dem Menschenverstand kommt man durchs
Leben nicht mehr.
(J. W. Goethe/F. Schiller in: Xenion, Nr. 310)

Rastlos vorwärts mußt du streben,
Nie ermüdet stille stehn…
(F. Schiller in: Spruch des Konfucius)

Du kerkerst den Geist in ein tönend Wort,
Doch der freie wandelt im Sturme fort.
(F. Schiller in: Die Worte des Wahns)

Genieße wer nicht glauben kann. Die Lehre
ist ewig wie die Welt. Wer glauben kann, entbehre.
(F. Schiller in: Resignation)

Die Vernunft ist eine Fackel in einem Kerker.
(F. Schiller in: Philosophische Briefe)

II. Leben und Liebe

Am meisten lieb' ich mir die vollen, frischen Wangen.
(J. W. Goethe in: Faust I, Vers 320 / Mephistopheles)

Besonders lernt die Weiber führen;
Es ist ihr ewig Weh und Ach
So tausendfach
Aus Einem Punkte zu kurieren…
(J. W. Goethe in: Faust I, Vers 2023-2026 / Mephistopheles)

Der Worte sind genug gewechselt,
Laßt mich auch endlich Taten sehn;
Indes ihr Komplimente drechselt,
Kann etwas nützliches geschehn.
(J. W. Goethe in: Faust I, Vers 214-217 / Direktor)

Des Menschen Tätigkeit kann allzu leicht erschlaffen,
Er liebt sich bald die unbedingte Ruh;
Drum geb' ich gern ihm den Gesellen zu,
Der reizt und wirkt, und muß, als Teufel, schaffen.
(J. W. Goethe in: Faust I, Vers 340-343 / Der Herr)

Die Hand, die Samstags ihren Besen führt,
Wird Sonntags dich am besten karessieren.
(J. W. Goethe in: Faust I, Vers 844-845 / Erster Schüler)

Ein echter deutscher Mann mag keinen Franzen leiden,
Doch ihre Weine trinkt er gern.
(J. W. Goethe in: Faust I, Vers 2272-2273 / Brander)

Es erben sich Gesetz' und Rechte
Wie eine ew'ge Krankheit fort;
Sie schleppen von Geschlecht sich zum Geschlechte,
Und rücken sacht von Ort zu Ort.
Vernunft wird Unsinn, Wohltat Plage;
Weh dir, daß du ein Enkel bist!
Vom Rechte, das mit uns geboren ist,
Von dem ist leider! nie die Frage.
(J. W. Goethe in: Faust I, Vers 1972-1979 / Mephistopheles)

Gatten, die sich vertragen wollen,
Lernen's von uns beiden!
Wenn sich zweie lieben sollen,
Braucht man sie nur zu scheiden.
(J. W. Goethe in: Faust I, Vers 4243-4246 / Oberon)

Wird Vieles vor den Augen abgesponnen,
So daß die Menge staunend gaffen kann,
Da habt Ihr in der Breite gleich gewonnen,
Ihr seid ein vielgeliebter Mann.
(J. W. Goethe in: Faust I, Vers 91-94 / Direktor)

Ihr habt das Recht gesittet pfui zu sagen.
Man darf das nicht vor keuschen Ohren nennen,
Was keusche Herzen nicht entbehren können.
(J. W. Goethe in: Faust I, Vers 3294-3296 / Mephistopheles)

In jedem Kleide werd' ich wohl die Pein
Des engen Erdelebens fühlen.
Ich bin zu alt, um nur zu spielen,
Zu jung, um ohne Wunsch zu sein.
(J. W. Goethe in: Faust I, Vers 1544-1547 / Faust)

Mit Frauen soll man sich nie unterstehn zu scherzen.
(J. W. Goethe in: Faust I, Vers 3160 / Mephistopheles)

...unsre Taten selbst, so gut als unsre Leiden,
Sie hemmen unsres Lebens Gang.
(J. W. Goethe in: Faust I, Vers 632-633 / Faust)

Wenn sich zweie lieben sollen,
Braucht man sie nur zu scheiden.
(J. W. Goethe in: Faust I, Vers 4245-4246 / Oberon)

...Gefühl ist alles;
Name ist Schall und Rauch,
(J. W. Goethe in: Faust I, Vers 3456-3457 / Faust)

Alt ist das Wort, doch bleibet hoch und wahr der Sinn:
Daß Scham und Schönheit nie zusammen, Hand in Hand,
Den Weg verfolgen über der Erde grünen Pfad.
(J. W. Goethe in: Faust II, Vers 8754-8756 / Phorkyas)

…Dieser Erdenkreis
Gewährt noch Raum zu großen Taten.
(J. W. Goethe in: Faust II, Vers 10181-10182 / Faust)

Man denkt an das, was man verließ,
Was man gewohnt war, bleibt ein Paradies.
(J. W. Goethe in: Faust II, Vers 7963-7964 / Mephistopheles)

Wer lange lebt, hat viel erfahren,
Nichts Neues kann für ihn auf dieser Welt geschehn,
…
(J. W. Goethe in: Faust II, Vers 6861-6862 / Mephistopheles)

Nur wo du klar ins holde Klare schaust,
Dir angehörst und dir allein vertraust,
Dorthin wo Schönes Gutes nur gefällt,
Zur Einsamkeit! – Da schaffe deine Welt.
(J. W. Goethe in: Faust II, Vers 5693-5696 / Plutus)

Niemand will euch mehr verstehen,
Fordern wir doch höhern Zoll:
Denn es muß von Herzen gehen,
Was auf Herzen wirken soll.
(J. W. Goethe in: Faust II, Vers 9683-9686 / Phorkyas)

ᢀ

Das Allgemeine und Besondere fallen zusammen; das Besondere ist das Allgemeine, unter verschiedenen Bedingungen erscheinend.
(J. W. Goethe in: Wilhelm Meisters Wanderjahre, Buch II, Betrachtungen im Sinne der Wanderer. Kunst, Ethisches, Natur)

…daß doch die Jugend immer zwischen den Extremen schwankt!
(J. W. Goethe in: Wilhelm Meisters Lehrjahre, Buch I, Kapitel 12)

Die Mängel erkennt nur der Lieblose; deshalb, um sie einzusehen, muß man auch lieblos werden, aber nicht mehr als hiezu nötig ist.
(J. W. Goethe in: Wilhelm Meisters Wanderjahre, Buch II, Betrachtungen im Sinne der Wanderer. Kunst, Ethisches, Natur)

Ein großer Fehler: daß man sich mehr dünkt als man ist und sich weniger schätzt als man wert ist.
(J. W. Goethe in: Wilhelm Meisters Wanderjahre, Buch II, Betrachtungen im Sinne der Wanderer. Kunst, Ethisches, Natur)

Der liebt nicht, der die Fehler des Geliebten nicht für Tugenden hält.

(J. W. Goethe in: Maximen und Reflexionen, Nr. 1260)

Handeln ist leicht, denken schwer; nach dem Gedachten handeln unbequem.

(J. W. Goethe in: Wilhelm Meisters Lehrjahre, Buch VII, Kapitel IX)

Jedes Existierende ist ein Analogon alles Existierenden; daher erscheint uns das Dasein immer zu gleicher Zeit gesondert und verknüpft.

(J. W. Goethe in: Wilhelm Meisters Wanderjahre, Buch II, Betrachtungen im Sinne der Wanderer. Kunst, Ethisches, Natur)

Was ist das Allgemeine?
Der einzelne Fall.
Was ist das Besondere?
Millionen Fälle.

(J. W. Goethe in: Wilhelm Meisters Wanderjahre, Buch II, Betrachtungen im Sinne der Wanderer. Kunst, Ethisches, Natur)

Für die vorzüglichste Frau wird diejenige gehalten, welche ihren Kindern den Vater, wenn er abgeht, zu ersetzen imstande wäre.

(J. W. Goethe in: Maximen und Reflexionen, Nr. 1308)

Alles Lebendige bildet eine Atmosphäre um sich her.
(J. W. Goethe in: Maximen und Reflexionen, Nr. 47)

ஐ

Alles, was wir treiben und tun, ist ein Abmüden; wohl dem, der nicht müde wird!
(J. W. Goethe in: Maximen und Reflexionen, Nr. 1109)

ஐ

Der ist der glücklichste Mensch, der das Ende seines Lebens mit dem Anfang in Verbindung setzen kann.
(J. W. Goethe in: Maximen und Reflexionen, Nr. 1064)

ஐ

Drei Dinge werden nicht eher erkannt als zu gewisser Zeit:
ein Held im Kriege,
ein weiser Mann im Zorn,
ein Freund in der Not.
(J. W. Goethe in: Maximen und Reflexionen, Nr. 1366)

ஐ

Der Haß ist parteiisch, aber die Liebe ist es noch mehr.
(J. W. Goethe in: Die Wahlverwandtschaften, I, Kapitel 13)

ஐ

Es gibt eine Höflichkeit des Herzens; sie ist der Liebe verwandt. Aus ihr entspringt die bequemste Höflichkeit des äußern Betragens.
(J. W. Goethe in: Die Wahlverwandtschaften, II, Kapitel 5, Aus Ottiliens Tagebuche)

ஐ

Freiwillige Abhängigkeit ist der schönste Zustand, und wie wäre der möglich ohne Liebe.
(J. W. Goethe in: Die Wahlverwandtschaften, II, Kapitel 5, Aus Ottiliens Tagebuche)

Gegen große Vorzüge eines andern gibt es kein Rettungsmittel als die Liebe.
(J. W. Goethe in: Die Wahlverwandtschaften, II, Kapitel 5, Aus Ottiliens Tagebuche)

Was auch als Wahrheit oder Fabel
In tausend Büchern dir erscheint,
Das alles ist ein Turm zu Babel,
Wenn es die Liebe nicht vereint.
(J. W. Goethe in: Zahme Xenien III)

Wer mit dem Leben spielt,
Kommt nie zurecht;
Wer sich nicht selbst befiehlt,
Bleibt immer ein Knecht.
(J. W. Goethe in: Sprüche, Nr. 58)

Die meisten verarbeiten den größten Teil der Zeit, um zu leben, und das bißchen, das ihnen von Freiheit übrig bleibt, ängstigt sie so, daß sie alle Mittel aufsuchen, um es los zu werden.
(J. W. Goethe in: Die Leiden des jungen Werthers, 17. Mai 1771)

Dagegen, wenn wir mit all unserer Schwachheit und Mühseligkeit nur gerade fortarbeiten, so finden wir gar oft, daß wir mit unserem Schlendern und Lavieren es weiter bringen, als andere mit ihrem Segeln und Rudern – und – das ist doch ein wahres Gefühl seiner selbst, wenn man anderen gleich oder gar vorläuft.

(J. W. Goethe in: Die Leiden des jungen Werthers, 20. Oktober 1771)

Ach, was ich weiß, kann jeder wissen – mein Herz habe ich allein.
(J. W. Goethe in: Die Leiden des jungen Werthers, 9. Mai 1771)

ꕤ

Wollte, Gott hätte mich zum Gärtner oder Laboranten gemacht! ich könnte glücklich sein.
(J. W. Goethe in: Götz von Berlichingen, Erster Akt: Herberge im Wald / Martin)

ꕤ

Felsen sollten nicht Felsen und Wüsten nicht Wüsten bleiben,
Drum stieg Amor herab, sieh, und es lebte die Welt.
(J. W. Goethe in: Antiker Form sich nähernd)

ꕤ

Aber vermag der Maler wohl auszudrücken: Ich liebe?
(J. W. Goethe in: Der neue Pausias und sein Blumenmädchen)

ꕤ

Denn hat, wie in der Liebe geschieht, ein Mann sein Inneres aufgeschlossen und sich hingegeben, so ist das ein Geschenk, das er nicht zurücknehmen kann, und es würde unmöglich sein, ein ehemals geliebtes Wesen zu beschädigen oder ungeschützt zu lassen.
(J. W. Goethe in: Biographische Einzelheiten)

ꕤ

Rasch schlägt der Puls des jugendlichen Lebens,
Rasch schießt der Pflanze Trieb zum schlanken Kiel,

Die Jugend freut sich nur des Vorwärts-Strebens,
Versucht sich weit umher, versucht sich viel.
Der Kräfte Spielen ist drum nicht vergebens,
So kennt sie bald sich Umfang, Maß und Ziel:
Der Most, der gärend sich vom Schaum geläutert,
Er wird zum Trank, der Geist und Sinn erheitert.
(J. W. Goethe in: Was wir bringen, Vers 113-120 / Lachesis)

ꕤ

Lachen, Weinen, Lust und Schmerz
Sind Geschwisterkinder.
(J. W. Goethe in: Neugriechische Liebe- Skolien, 2)

ꕤ

Man soll jedoch von eignen und fremden Fehlern niemals, am wenigsten öffentlich reden, wenn man nicht dadurch etwas Nützliches zu bewirken denkt...
(J. W. Goethe in: Dichtung und Wahrheit, II, Buch 10)

ꕤ

Unser Leben ist, wie das Ganze, in dem wir enthalten sind, auf eine unbegreifliche Weise aus Freiheit und Notwendigkeit zusammengesetzt.
(J. W. Goethe in: Dichtung und Wahrheit, III, Buch 11)

ꕤ

Unser Wollen ist ein Vorausverkünden dessen, was wir unter allen Umständen tun werden. Diese Umstände aber ergreifen uns auf ihre eigne Weise.
(J. W. Goethe in: Dichtung und Wahrheit, III, Buch 11)

ꕤ

Unsere Wünsche sind Vorgefühle der Fähigkeiten, die in uns liegen, Vorboten desjenigen, was wir zu leisten imstande sein werden.
(J. W. Goethe in: Dichtung und Wahrheit, II, Buch 9)

Wahrhaft Liebende betrachten alles, was sie bisher empfunden, nur als Vorbereitung zum gegenwärtigen Glück...
(J. W. Goethe in: Dichtung und Wahrheit, IV, Buch 19)

Was dem Auge dar sich stellet,
Sicher glauben wir's zu schaun;
Was dem Ohr sich zugesellet,
Gibt uns nicht ein gleich Vertraun;
Darum deine lieben Worte
Haben oft mir wohlgetan,
Doch ein Blick am rechten Orte
Übrig läßt er keinen Wahn.
(J. W. Goethe in: Aug' um Ohr)

Willst du dich am Ganzen erquicken,
So mußt du das Ganze im Kleinsten erblicken.
(J. W. Goethe in: Sprüche, Nr. 5)

Willst du ins Unendliche schreiten,
Geh nur im Endlichen nach allen Seiten.
(J. W. Goethe in: Sprüche, Nr. 4)

Willst du immer weiter schweifen?
Sieh, das Gute liegt so nah.
(J. W. Goethe in: Erinnerung)

Wo die Geselligkeit Unterhaltung findet, ist sie zu Hause.
(J. W. Goethe in: Tag- und Jahreshefte, 1802)

Zwischen der Wieg' und dem Sarg wir schwanken und schweben
Auf dem großen Kanal sorglos durchs Leben dahin.
(J. W. Goethe in: Venetianische Epigramme, Nr. 6)

Ein Augenblick gelebt im Paradiese
Wird nicht zu teuer mit dem Tod gebüßt.
(F. Schiller in: Don Karlos, Szene I/5, Vers 639-640 / Don Karlos)

Auf diesem beweglichen Erdball ist doch nur in der wahren Liebe, der Wohltätigkeit und den Wissenschaften die einzige Freude und Ruhe.
(J. W. Goethe in: Brief an Charlotte von Stein, 6. Dezember 1781)

Sein Jahrhundert kann man nicht verändern, aber man kann sich dagegen stellen und glückliche Wirkungen vorbereiten.
(J. W. Goethe in: Brief an F. Schiller, 21. Juli 1798)

Wenn der Ritter seine Schöne nicht für die schönste und einzige hielte, würde er Drachen und Ungeheuer um ihrentwillen bekämpfen?
(J. W. Goethe in: Brief an Karl Friedrich Reinhard, 22. Juli 1810)

Einem Liebhaber, der den Vater zur Hilfe ruft, trau ich – erlauben Sie, – keine hohle Haselnuß zu.
(F. Schiller in: Kabale und Liebe, Szene I/2 / Miller)

Ich fürchte nichts – nichts – als die Grenzen deiner Liebe.
(F. Schiller in: Kabale und Liebe, Szene I/4 / Ferdinand)

Beim wunderbaren Gott! – Das Weib ist schön!
(F. Schiller in: Don Karlos, Szene II/8, Vers 2083 / Don Karlos)

…Liebe
Kennt der allein, der ohne Hoffnung liebt.
(F. Schiller in: Don Karlos, Szene II/8, Vers 1605-1606 / Don Karlos)

Und setzet ihr nicht das Leben ein,
Nie wird euch das Leben gewonnen sein.
(F. Schiller in: Wallensteins Lager, Auftritt 11, Vers 1104-1105 / Chor)

Die Neigung gibt
Den Freund, es gibt der Vorteil den Gefährten,
Wohl dem, dem die Geburt den Bruder gab…
(F. Schiller in: Die Braut von Messina, Szene I/4, Vers 364-366 / Isabella)

Nicht an die Güter hänge dein Herz,
Die das Leben vergänglich zieren,
Wer besitzt, der lerne verlieren,
Wer im Glück ist, der lerne den Schmerz.
(F. Schiller in: Die Braut von Messina, Szene IV/4, Vers 2305-2309 / Erster Chor)

Uns aber treibt das verworrene Streben
Blind und sinnlos durchs wüste Leben.
(F. Schiller in: Die Braut von Messina, Szene I/4, Vers 374-375 / Chor)

Das Alte stürzt, es ändert sich die Zeit,
Und neues Leben blüht aus den Ruinen.
(F. Schiller in: Wilhelm Tell, Szene IV/2, Vers 2425-2426 / Attinghausen)

Der ersten Liebe goldne Zeit…
(F. Schiller in: Das Lied von der Glocke)

Mit vollen Segeln lief ich in das Meer
Des Lebens, unermeßlich lags vor mir…
(F. Schiller in: Demetrius-Fragment, Ursprünglicher Aufzug I / Demetrius)

Brüder, fliegt von euren Sitzen,
Wenn der volle Römer kreist,
Laßt den Schaum zum Himmel spritzen:
Dieses Glas dem guten Geist!
(F. Schiller in: An die Freude)

Freude, schöner Götterfunken,
Tochter aus Elisium,
Wir betreten feuertrunken,
Himmlische, dein Heiligtum.
(F. Schiller in: An die Freude)

Pflicht für jeden.
Immer strebe zum Ganzen und kannst du selber kein Ganzes
Werden, als dienendes Glied schließ' an ein Ganzes dich an.
(F. Schiller in: Votivtafeln)

Des Lebens ungemischte Freude
Ward keinem Irdischen zu Teil.
(F. Schiller in: Der Ring des Polykrates)

Doch mit des Geschickes Mächten
Ist kein ew'ger Bund zu flechten,
Und das Unglück schreitet schnell.
(F. Schiller in: Das Lied von der Glocke)

Drum prüfe, wer sich ewig bindet,
Ob sich das Herz zum Herzen findet!
Der Wahn ist kurz, die Reu ist lang.
(F. Schiller in: Das Lied von der Glocke)

Alles wiederholt sich nur im Leben,
Ewig jung ist nur die Phantasie,
Was sich nie und nirgends hat begeben,
Das allein veraltet nie!
(F. Schiller in: An die Freunde)

III. Kunst und Künstlertum

Allein der Vortrag macht des Redners Glück…
(J. W. Goethe in: Faust I, Vers 546 / Wagner)

Auch die Kultur, die alle Welt beleckt,
Hat auf den Teufel sich erstreckt…
(J. W. Goethe in: Faust I, Vers 2495-2496 / Mephistopheles)

Denn eben wo Begriffe fehlen,
Da stellt ein Wort zur rechten Zeit sich ein.
(J. W. Goethe in: Faust I, Vers 1995-1996 / Mephistopheles)

…die Kunst ist lang!
Und kurz ist unser Leben.
(J. W. Goethe in: Faust I, Vers 558-559 / Wagner)

Ihr wißt, auf unsern deutschen Bühnen
Probiert ein jeder, was er mag…
(J. W. Goethe in: Faust I, Vers 231-232 / Direktor)

Die Phantasie, in ihrem höchsten Flug,
Sie strengt sich an und tut sich nie genug.
Doch fassen Geister, würdig tief zu schauen,

Zum Grenzenlosen grenzenlos Vertrauen.
(J. W. Goethe in: Faust II, Vers 6115-6118 / Faust)

Das Instrument sollte nur die Stimme begleiten; denn Melodien, Gänge und Läufe ohne Worte und Sinn, scheinen mir Schmetterlingen oder schönen bunten Vögeln ähnlich zu sein, die in der Luft vor unsern Augen herum schweben, die wir allenfalls haschen und uns zueignen mögten; da sich der Gesang dagegen wie ein Genius gen Himmel hebt, und das bessere Ich in uns ihn zu begleiten anreizt.
(J. W. Goethe in: Wilhelm Meisters Lehrjahre, Buch II, Kapitel 11)

Der Italiener hat überhaupt ein tieferes Gefühl für die hohe Würde der Kunst als andere Nationen; jeder, der nur irgend etwas treibt, will Künstler, Meister und Professor heißen…
(J. W. Goethe in: Wilhelm Meisters Lehrjahre, Buch VIII, Kapitel 7)

Es gibt keine patriotische Kunst und keine patriotische Wissenschaft. Beide gehören, wie alles hohe Gute, der ganzen Welt an, und können nur durch allgemeine freie Wechselwirkung aller zugleich Lebenden, in steter Rücksicht auf das was uns vom Vergangenen übrig und bekannt ist, gefördert werden.
(J. W. Goethe in: Wilhelm Meisters Wanderjahre, Buch III, Aus Makariens Archiv)

Musik im besten Sinne bedarf weniger der Neuheit, ja vielmehr je älter sie ist, je gewohnter man sie ist, desto mehr wirkt sie.
(J. W. Goethe in: Wilhelm Meisters Wanderjahre, Buch II, Betrachtungen im Sinne der Wanderer. Kunst, Ethisches, Natur)

ꩠ

Auch jetzt im Augenblick sollte jeder Gebildete [Laurence] Sternes Werke wieder zur Hand nehmen, damit auch das neunzehnte Jahrhundert erführe, was wir ihrem schuldig sind, und einsähe, was wir ihm schuldig werden können.
(J. W. Goethe in: Maximen und Reflexionen, Nr. 956)

ꩠ

Aus vielen Skizzen endlich ein Ganzes hervorzubringen, gelingt selbst den Besten nicht immer.
(J. W. Goethe in: Maximen und Reflexionen, Nr. 819)

ꩠ

Das sogenannte Aus-sich-Schöpfen macht gewöhnlich falsche Originale und Manieristen.
(J. W. Goethe in: Maximen und Reflexionen, Nr. 813)

ꩠ

Den Stoff sieht jedermann vor sich, den Gehalt findet nur der, der etwas dazu zu tun hat, und die Form ist ein Geheimnis den meisten.
(J. W. Goethe in: Maximen und Reflexionen, Nr. 754)

ꩠ

Der mittelmäßigste Roman ist immer noch besser als die mittelmäßigen Leser, ja der schlechteste partizipiert etwas von der Vortrefflichkeit des ganzen Genres.

(J. W. Goethe in: Maximen und Reflexionen, Nr. 939)

ꟸ

Der Roman ist eine subjektive Epopöe, in welcher der Verfasser sich die Erlaubnis ausbittet, die Welt nach seiner Weise zu behandeln. Es fragt sich also nur, ob er eine Weise habe; das andere wird sich schon finden.

(J. W. Goethe in: Maximen und Reflexionen, Nr. 938)

Die Form will so gut verdauet sein als der Stoff; ja sie verdaut sich viel schwerer.

(J. W. Goethe in: Maximen und Reflexionen, Nr. 753)

Die Geheimnisse der Lebenspfade darf und kann man nicht offenbaren; es gibt Steine des Anstoßes, über die ein jeder Wanderer stolpern muß. Der Poet aber deutet auf die Stelle hin.

(J. W. Goethe in: Maximen und Reflexionen, Nr. 1058)

Wenn einem Autor ein Lexikon nachkommen kann, so taugt er nichts.

(J. W. Goethe in: Maximen und Reflexionen, Nr. 916)

Die Schönheit: jede milde hohe Übereinstimmung alles dessen, was unmittelbar, ohne Überlegen und Nachdenken zu erfordern, gefällt.
(J. W. Goethe in: Maximen und Reflexionen, Nr. 721)

Es gibt auch Afterkünstler: Dilettanten und Spekulanten; jene treiben die Kunst um des Vergnügens, diese um des Nutzens willen.
(J. W. Goethe in: Maximen und Reflexionen, Nr. 826)

Es steht manches Schöne isoliert in der Welt, doch der Geist ist es, der Verknüpfungen zu entdecken und dadurch Kunstwerke hervorzubringen hat.
(J. W. Goethe in: Maximen und Reflexionen, Nr. 872)

Natur und Idee läßt sich nicht trennen, ohne daß die Kunst sowie das Leben zerstört werde.
(J. W. Goethe in: Maximen und Reflexionen, Nr. 890)

Schauspieler gewinnen die Herzen und geben die ihrigen nicht hin; sie hintergehen aber mit Anmut.
(J. W. Goethe in: Maximen und Reflexionen, Nr. 933)

Wenn ein deutscher Literator seine Nation vormals beherrschen wollte, so mußte er ihr nur glauben machen, es sei einer da, der sie beherrschen wolle. Da waren sie gleich so verschüchtert, daß sie sich, von

wem es auch wäre, gern beherrschen ließen.
(J. W. Goethe in: Maximen und Reflexionen, Nr. 161)

Denn wie ein Märchenerzähler auch nicht an die Zaubereien glaubt, die er vorspiegelt, sondern sie nur aufs beste zu beleben und auszustatten gedenkt, damit seine Zuhörer sich daran ergetzen, ebenso wenig braucht gerade der lyrische Dichter dasjenige alles selbst auszuüben, womit er hohe und geringe Leser und Sänger ergetzt und beschmeichelt.
(J. W. Goethe in: West-östlicher Divan, Noten und Abhandlungen / Hafis)

Es gibt nur drei echte Naturformen der Poesie: die klar erzählende, die enthusiastisch aufgeregte und die persönlich handelnde: Epos, Lyrik und Drama. Diese drei Dichtweisen können zusammen oder abgesondert wirken.
(J. W. Goethe in: West-östlicher Divan, Noten und Abhandlungen)

...aber er war aus der Stille, der Dämmerung, der Dunkelheit, welche ganz allein die reinen Produktionen begünstigen kann...
(J. W. Goethe in: Dichtung und Wahrheit, III, Buch 13)

Aber wie das Erhabene von Dämmerung und Nacht, wo sich die Gestalten vereinigen, gar leicht erzeugt wird, so wird es dagegen vom Tage verscheucht, der

alles sondert und trennt, und so muß es auch durch jede wachsende Bildung vernichtet werden, wenn es nicht glücklich genug ist, sich zu dem Schönen zu flüchten und sich innig mit ihm zu vereinigen, wodurch denn beide gleich unsterblich und unverwüstlich sind.
(J. W. Goethe in: Dichtung und Wahrheit, II, Buch 6)

ೞ

Ein Lehrer, der das Gefühl an einer einzigen guten Tat, an einem einzigen guten Gedicht erwecken kann, leistet mehr als einer, der uns ganze Reihen untergeordneter Naturbildungen der Gestalt und dem Namen nach überliefert;
(J. W. Goethe in: Die Wahlverwandtschaften, II, Kapitel 8)

ೞ

Allerlieblichste Trochäen
Aus der Zeile zu vertreiben
Und schwerfälligste Spondeen
An die Stelle zu verleiben,
Bis zuletzt ein Vers entsteht,
Wird mich immerfort verdrießen.
Laß die Reime lieblich fließen,
Laß mich des Gesangs genießen
Und des Blicks, der mich versteht!
(J. W. Goethe in: Zahme Xenien V)

ೞ

Es gibt keinen größern Trost für die Mittelmäßigkeit, als daß das Genie nicht unsterblich sei.
(J. W. Goethe in: Die Wahlverwandtschaften, II, Kapitel 5, Aus Ottiliens Tagebuche)

Man weicht der Welt nicht sicherer aus als durch die Kunst, und man verknüpft sich nicht sicherer mit ihr als durch die Kunst.
(J. W. Goethe in: Die Wahlverwandtschaften, II, Kapitel 5, Aus Ottiliens Tagebuche)

Der Purist.
Sinnreich bist du, die Sprache von fremden Wörtern zu säubern,
Nun, so sage doch, Freund, wie man Pedant uns verdeutscht.
(J. W. Goethe/F. Schiller in: Xenion, Nr. 39)

Ihr schmähet meine Dichtung;
Was habt ihr denn getan?
Wahrhaftig, die Vernichtung,
Verneinend fängt sie an,
Doch ihren scharfen Besen
Strengt sie vergebens an;
Ihr seid gar nicht gewesen!
Wo träfe sie euch an?
(J. W. Goethe in: Zahme Xenien V)

Der musikalische Komponist wird bei dem Enthusiasmus seiner melodischen Arbeiten den Generalbaß, der Dichter das Silbenmaß nicht vergessen.
(J. W. Goethe in: Diderots Versuch über die Malerei)

Der Dichter soll uns seine Personen in ihren Handlungen darstellen, der Gesprächschreiber darf sich ja wohl kürzer fassen und sich und seinen Lesern durch eine allgemeine Schilderung geschwind über die Exposition weghelfen.
(J. W. Goethe in: Die guten Weiber / Sinklair)

ஐ

Der Skizzist spricht aber unmittelbar zum Geiste, besticht und entzückt dadurch jeden Unerfahrnen.
(J. W. Goethe in: Der Sammler und die Seinigen)

ஐ

Die Tierfabel gehört eigentlich dem Geiste, dem Gemüt, den sittlichen Kräften, indessen sie uns eine gewisse derbe Sinnlichkeit vorspiegelt. Den verschiedenen Charakteren, die sich im Tierreich aussprechen, borgt sie Intelligenz, die den Menschen auszeichnet, mit allen ihren Vorteilen: dem Bewußtsein, dem Entschluß, der Folge, und wir finden es wahrscheinlich, weil kein Tier aus seiner beschränkten, bestimmten Art herausgeht und deshalb immer zweckmäßig zu handeln scheint.
(J. W. Goethe in: Skizzen zu Castis Fabelgedicht „Die redenden Tiere“)

ஐ

Ehre, Deutscher, treu und innig
Des Erinnerns werten Schatz,
Denn der Knabe spielte sinnig,
Klopstock, einst auf diesem Platz.
(J. W. Goethe in: Schul-Pforta)

ஐ

Eine Anwandlung, landschaftliche Skizzen zu zeichnen, wies ich nicht ab; bei Spaziergängen im Frühling, besonders nahe bei Jena, faßt' ich irgend einen Gegenstand auf, der sich zum Bild qualifizieren wollte, und suchte ihn zu Hause alsdann zu Papier zu bringen. Gleichermaßen ward meine Einbildungskraft durch Erzählungen leicht erregt, so daß ich Gegenden, von denen im Gespräch die Rede war, also bald zu entwerfen trachtete.

(J. W. Goethe in: Tag und Jahreshefte 1810)

Ernstlich beschaue man den „Misanthrop" und frage sich, ob jemals ein Dichter sein Inneres vollkommener und liebenswürdiger dargestellt habe? Wir möchten gern Inhalt und Behandlung dieses Stücks tragisch nennen; einen solchen Eindruck hat es wenigstens jederzeit bei uns zurückgelassen, weil dasjenige vor Blick und Geist gebracht wird, was uns oft selbst zur Verzweiflung bringt und wie ihn aus der Welt jagen möchte.

(J. W. Goethe in: Histoire de la Vie et les Ouvrages de Molière)

Es bildet ein Talent sich in der Stille,
Sich ein Charakter in dem Strom der Welt.

(J. W. Goethe in: Torquato Tasso, Szene I/2, Vers 304-305)

In der Beschränkung zeigt sich erst der Meister,
Und das Gesetz nur kann uns Freiheit geben.

(J. W. Goethe in: Das Sonett)

In diesem Sinne kann man solche Bücher wahrhaft erbaulich nennen, wie es der Roman, moralische Erzählung, Novelle und dergleichen nicht sein sollen: denn von ihnen als sittlichen Kunsterscheinungen verlangt man mit Recht eine innere Konsequenz, die, wir mögen durch noch so viel Labyrinthe durchgeführt werden, doch wieder hervortreten und das Ganze in sich selbst abschließen soll.

(J. W. Goethe in: Der deutsche Gil Blas)

Nennen wir nun Shakespeare einen der größten Dichter, so gestehen wir zugleich, daß nicht leicht jemand die Welt so gewahrte wie er, daß nicht leicht jemand, der sein inneres Anschauen aussprach, den Leser in höherm Grade mit in das Bewußtsein der Welt versetzt. Sie wird für uns völlig durchsichtig; wir finden uns auf einmal als Vertraute der Tugend und des Lasters, der Größe, der Kleinheit, des Adels, der Verworfenheit, und dieses alles, ja noch mehr, durch die einfachsten Mittel. Fragen wir aber nach diesen Mitteln, so scheint es, als arbeite er für unsre Augen; aber wir sind getäuscht: Shakespeares Werke sind nicht für die Augen des Leibes.

(J. W. Goethe in: Shakespeare und kein Ende)

Nur diejenige Erzählung verdient moralisch genannt zu werden, die uns zeigt, daß der Mensch in sich eine Kraft habe, aus Überzeugung eines Bessern, selbst gegen seine Neigung zu handeln.

(J. W. Goethe in: Unterhaltungen deutscher Ausgewanderten)

Shakespeare reicht uns im Gegenteil die volle, reife Traube vom Stock; wir mögen sie nun beliebig Beere für Beere genießen, sie auspressen, keltern, als Most, als gegornen Wein kosten oder schlürfen, auf jede Weise sind wir erquickt.

(J. W. Goethe in: Calderons „Tochter der Luft“)

So lern auch diese Zweige tragen, die
Das Schönste sind was wir dir geben können.
Wem einmal, würdig, sie das Haupt berührt,
Dem schweben sie auf ewig um die Stirne.

(J. W. Goethe in: Torquato Tasso, Szene I/3, Vers 523-526 / Prinzessin)

So wie in der Musik das richtige, genaue und reine Treffen jedes einzelnen Tones der Grund alles weiteren künstlerischen Vortrages ist, so ist auch in der Schauspielkunst der Grund aller höheren Rezitation und Deklamation die reine und vollständige Aussprache jedes einzelnen Worts.

(J. W. Goethe in: Regeln für Schauspieler, § 3)

Um es in der Aussprache zur Vollkommenheit zu bringen, soll der Anfänger alles sehr langsam, die Silben, und besonders die Endsilben, stark und deutlich aussprechen, damit die Silben, welche geschwind gesprochen werden müssen, nicht unverständlich werden.

(J. W. Goethe in: Regeln für Schauspieler, § 14)

Und wie der Dichter eher ist als der Kritiker, so müssen wir auch vieles sehen, lesen und hören, ehe wir uns einfallen lassen wollen zu urteilen.
(J. W. Goethe in: Wilhelm Meisters Theatralische Sendung, Buch II, Kapitel 2)

Wen ergötzt nicht die Ansicht großer theatralischer Ballette?
(J. W. Goethe in: Ornamente und Gemälde aus Pompeji)

Worte sind des Dichters Waffen.
(J. W. Goethe in: Deutscher Parnaß)

Allerdings ist in der Kunst und Poesie die Persönlichkeit alles; allein doch hat es unter den Kritikern und Kunstrichtern der neuesten Zeit schwache Personnagen gegeben, die dieses nicht zugestehen und die eine große Persönlichkeit, bei einem Werke der Poesie oder Kunst, nur als eine Art von geringer Zugabe wollten betrachtet wissen.
(J. W. Goethe zu Johann Peter Eckermann, 13. Februar 1831)

Das musikalische Talent kann sich wohl am frühesten zeigen, indem die Musik ganz etwas Angeborenes, Inneres ist, das von außen keiner großen Nahrung und keiner aus dem Leben gezogenen Erfahrung bedarf.
(J. W. Goethe zu Johann Peter Eckermann, 14. Februar 1831)

Den anscheinenden Geringfügigkeiten des „Wilhelm Meister“ liegt immer etwas Höheres zum Grunde, und es kommt bloß darauf an, daß man Augen, Weltkenntnis und Übersicht genug besitze, um im Kleinen das Größere wahrzunehmen. Andern mag das gezeichnete Leben als Leben genügen.
(J. W. Goethe zu Johann Peter Eckermann, 25. Dezember 1825)

…denn was ist eine Novelle anders als eine sich ereignete, unerhörte Begebenheit. Dies ist der eigentliche Begriff, und so vieles, was in Deutschland unter dem Titel Novelle geht, ist gar keine Novelle, sondern bloß Erzählung oder was Sie sonst wollen.
(J. W. Goethe zu Johann Peter Eckermann, 29. Januar 1827)

Ein deutscher Schriftsteller, ein deutscher Märtyrer! – Ja, mein Guter, Sie werden es nicht anders finden. Und ich selbst kann mich noch kaum beklagen; es ist allen andern nicht besser gegangen, den meisten sogar schlechter, und in England und Frankreich ganz wie bei uns.
(J. W. Goethe zu Johann Peter Eckermann, 14. März 1830)

Dagegen habe ich an den Novellen des Cervantes einen wahren Schatz gefunden, sowohl der Unterhaltung als der Belehrung.
(J. W. Goethe in: Brief an F. Schiller, 17. Dezember 1795)

Hegels Urteile als Kritiker sind immer gut gewesen.
(J. W. Goethe zu Johann Peter Eckermann, 17. Februar 1829)

Man darf beide Dichter nicht miteinander vergleichen, ohne den einen durch den andern zu vernichten. Byron ist der brennende Dornbusch, der die heilige Zeder des Libanon in Asche legt. Das große Epos des Italieners [Torquato Tasso] hat seinen Ruhm durch Jahrhunderte behauptet, aber mit einer einzigen Zeile des „Don Juan" könnte man das ganze „Befreite Jerusalem" vergiften.
(J. W. Goethe zu Johann Peter Eckermann, 18. Mai 1824)

Manche Geschöpfe sind ganz dämonischer Art, in manchen sind Teile von ihm wirksam. […] Unter den Künstlern findet es sich mehr bei Musikern, weniger bei Malern. Bei Paganini zeigt es sich im hohen Grade, wodurch er denn auch so große Wirkungen hervorbringt.
(J. W. Goethe zu Johann Peter Eckermann, 2. März 1831)

Alles poetische sollte rhythmisch behandelt werden! das ist meine Überzeugung…
(J. W. Goethe in: Brief an F. Schiller, 25. November 1797)

Auf dem Glück der Fabel beruht freilich alles, man ist wegen des Hauptaufwandes sicher, die meisten Leser und Zuschauer nehmen denn doch nichts wei-

ter mit davon, und dem Dichter bleibt doch das ganze Verdienst einer lebendigen Ausführung, die desto stetiger sein kann je besser die Fabel ist.
(J. W. Goethe in: Brief an F. Schiller, 5. April 1797)

Da habe ich nun in meinem Leben viele Verse gemacht, darunter sind ein paar gute und viele mittelmäßige, da macht der Eyck ein solches Bild, das mehr werth ist, als alles, was ich gemacht habe.
(J. W. Goethe in: Gespräch mit Wilhelm Grimm, 31. Oktober 1815)

Da ich ganz ohne Stolz bin, kann ich meiner innerlichen Überzeugung glauben, die mir sagt daß ich einige Eigenschaften besitze die zu einem Poeten erfordert werden, und daß ich, durch Fleiß einmal einer werden könnte. Ich habe von meinem zehenten Jahre, angefangen Verse zu schreiben, und habe geglaubt sie seyen gut, jetzo in meinem siebzehnten sehe ich daß sie schlecht sind, aber ich bin doch sieben Jahre älter, und mache sie um sieben Jahre besser.
(J. W. Goethe in: Brief an Cornelia Goethe, 11. Mai 1767)

Das Epitomisieren eines poetischen Werks, das zuerst in eine große Weite und Breite angelegt war, bringt ein Schwanken zwischen Skizze und Ausführung hervor, das dem ganz befriedigenden Effekt durchaus schädlich ist.
(J. W. Goethe in: Brief an F. Schiller, 5. Juli 1802)

ஐ

Denn der Fall kommt öfter vor als man denkt, daß eine Nation Saft und Kraft aus einem Werke aussaugt und in ihr eigenes inneres Leben dergestalt aufnimmt, daß sie daran keine weitere Freude haben, sich daraus keine Nahrung weiter zueignen kann.
(J. W. Goethe in: Brief an Thomas Carlyle, 15. Juni 1828)

ஐ

Denn ich halte davor, der Dichter soll seine Umrisse auf ein weitläufig gewobenes Zeug aufreißen, damit der Musikus vollkommenen Raum habe, seine Stickerei mit großer Freiheit und mit starken oder feinen Fäden, wie es ihm gutdünkt, auszuführen.
(J. W. Goethe in: Brief an Carl Friedrich Zelter, 19. Mai 1812)

ஐ

Denn was nicht gesellig gesungen werden kann, ist wirklich kein Gesang, wie ein Monolog kein Drama.
(J. W. Goethe in: Brief an Carl Friedrich Zelter, 17. Mai 1815)

ஐ

Der Schauspieler, Musicus, Maler, Dichter, ja der Gelehrte selbst erscheinen mit ihren wunderlichen, halbideellen halbsinnlichen Wesen jener ganzen Masse der aus dem Reellen entsprungenen und an das Reelle gebundenen Weltmenschen wie eine Art von Narren wo nicht gar wie Halbverbrecher, wie Menschen, die an einer levis notae macula laborieren.
(J. W. Goethe in: Brief an Friedrich Heinrich Jacobi, 7. März 1808)

ꙮ

Die Buchhändler sind alle des Teufels, für sie muß es eine eigene Hölle geben.
(J. W. Goethe in: Gespräch mit Friedrich von Müller, 21. Mai 1829)

Dieses alles, was dem Erzählenden und der Erzählung angehört, habe ich hier unter dem Worte: Dichtung begriffen, um mich des Wahren, dessen ich mir bewußt war, zu meinem Zweck bedienen zu können.
(J. W. Goethe in: Brief an Carl Friedrich Zelter, 15. Februar 1830)

...schreibe nur wie du reden würdest, und so wirst du einen guten Brief schreiben.
(J. W. Goethe in: Brief an Cornelia Goethe, 7. Dezember 1765)

Dem Mimen flicht die Nachwelt keine Kränze...
(F. Schiller in: Wallensteins Lager, Prolog, Vers 41)

Von der Stirne heiß
Rinnen muß der Schweiß,
Soll das Werk den Meister loben,
Doch der Segen kommt von oben.
(F. Schiller in: Das Lied von der Glocke)

Ernst ist das Leben, heiter ist die Kunst.
(F. Schiller in: Wallensteins Lager, Prolog, Vers 138)

Wenn gute Reden sie begleiten,
Dann fließt die Arbeit munter fort.
(F. Schiller in: Das Lied von der Glocke)

Aber hat Natur uns viel entzogen,
War die Kunst uns freundlich doch gewogen,
Unser Herz erwarmt an ihrem Licht.
(F. Schiller in: An die Freunde)

Sehn wir doch das Große aller Zeiten
Auf den Brettern, die die Welt bedeuten,
Sinnvoll, still an uns vorübergehn.
(F. Schiller in: An die Freunde)

Siehe! Da weinen die Götter, es weinen die Göttinnen alle,
Daß das Schöne vergeht, daß das Vollkommene stirbt.
(F. Schiller in: Nänie)

...die Kunst ist eine Tochter der Freiheit...
(F. Schiller in: Briefe über die ästhetische Erziehung des Menschen, 2. Brief)

Der ernsteste Stoff muß so behandelt werden, daß wir die Fähigkeit behalten, ihn unmittelbar mit dem leichtesten Spiel zu vertauschen.
(F. Schiller in: Briefe über die ästhetische Erziehung des Menschen, 22. Brief)

Die strafende Satire erlangt poetische Freiheit, indem sie ins Erhabene übergeht; die lachende Satire erhält poetischen Gehalt, indem sie ihren Gegenstand mit Schönheit behandelt.
(F. Schiller in: Über naive und sentimentalische Dichtung)

In der Satire wird die Wirklichkeit als Mangel dem Ideal als der höchsten Realität gegenüber gestellt.
(F. Schiller in: Über naive und sentimentalische Dichtung)

Satirisch ist der Dichter, wenn er die Entfernung von der Natur und den Widerspruch der Wirklichkeit mit dem Ideal (in der Wirkung auf das Gemüt kommt beides auf eins hinaus) zu seinem Gegenstand macht. Dies kann er aber sowohl ernsthaft und mit Affekt als scherzhaft und mit Heiterkeit ausführen, je nachdem er entweder im Gebiet des Willens oder im Gebiet des Verstandes verweilt. Jenes geschieht durch die strafende oder pathetische, dieses durch die scherzhafte Satire.
(F. Schiller in: Über naive und sentimentalische Dichtung)

IV. Religion und Glauben

Das Wunder ist des Glaubens liebstes Kind.
(J. W. Goethe in: Faust I, Vers 766 / Faust)

Den Teufel spürt das Völkchen nie,
Und wenn er sie bei'm Kragen hätte.
(J. W. Goethe in: Faust I, Vers 2181-2182 / Mephistopheles)

Der Äpfelchen begehrt Ihr sehr,
Und schon vom Paradiese her.
Von Freuden fühl' ich mich bewegt,
Daß auch mein Garten solche trägt.
(J. W. Goethe in: Faust I, Vers 4132-4135 / Die Schöne)

Die Botschaft hör' ich wohl, allein mir fehlt der Glaube…
(J. W. Goethe in: Faust I , Vers 765 / Faust)

Die Kirche hat einen guten Magen,
Hat ganze Länder aufgefressen,
Und doch noch nie sich übergessen…
(J. W. Goethe in: Faust I, Vers 2836-2838 / Mephistopheles)

Natürlich, wenn ein Gott sich erst sechs Tage plagt,
Und selbst am Ende Bravo sagt,
Da muß es was gescheites werden.
(J. W. Goethe in: Faust I, Vers 2441-2443 / Mephistopheles)

ꙮ

Nun sag', wie hast du's mit der Religion?
(J. W. Goethe in: Faust I, Vers 3415 / Margarete)

ꙮ

Ihr bleibt bei meinem Worte kalt,
Euch guten Kindern lass ich's gehen;
Bedenkt: der Teufel der ist alt,
So werdet alt, ihn zu verstehen!
(J. W. Goethe in: Faust II, Vers 6815-6818 / Mephistopheles)

ꙮ

...so bleibt die eigentliche Religion ein Inneres, ja Individuelles, denn sie hat ganz allein mit dem Gewissen zu tun, dieses soll erregt, soll beschwichtigt werden.
(J. W. Goethe in: Wilhelm Meisters Wanderjahre, Buch I, Kapitel 7)

ꙮ

Was ist denn Glauben? Die Erzählung einer Begebenheit für wahr zu halten, was kann mir das helfen? Ich muß mir ihre Wirkungen, ihre Folgen zueignen können. Dieser zueignende Glaube muß ein eigener, dem natürlichen Menschen ungewöhnlicher Zustand des Gemüts sein.
(J. W. Goethe in: Wilhelm Meisters Lehrjahre, Buch VI, Bekenntnisse einer schönen Seele)

Wer nie sein Brot mit Tränen aß,
Wer nie die kummervollen Nächte
Auf seinem Bette weinend saß,
Der kennt euch nicht, ihr himmlischen Mächte.
(J. W. Goethe in: Wilhelm Meisters Lehrjahre, Buch II, Kapitel 13)

Der Aberglaube ist die Poesie des Lebens; beide erfinden eingebildete Wesen, und zwischen dem Wirklichen, Handgreiflichen ahnen sie die seltsamsten Beziehungen...
(J. W. Goethe in: Justus Möser)

Der Mystizismus ist die Scholastik des Herzens, die Dialektik des Gefühls.
(J. W. Goethe in: Maximen und Reflexionen, Nr. 70)

Die christliche Religion ist eine intentionierte politische Revolution, die, verfehlt, nachher moralisch geworden ist.
(J. W. Goethe in: Maximen und Reflexionen, Nr. 82)

„Die Natur verbirgt Gott!“ Aber nicht jedem!
(J. W. Goethe in: Maximen und Reflexionen, Nr. 3)

Glaube ist Liebe zum Unsichtbaren, Vertrauen aufs Unmögliche, Unwahrscheinliche.
(J. W. Goethe in: Maximen und Reflexionen, Nr. 92)

Ein großer Teil des Alten Testaments ist mit erhöhter Gesinnung, ist enthusiastisch geschrieben und gehört dem Felde der Dichtkunst an.
(J. W. Goethe in: West-östlicher Divan, Noten und Abhandlungen / Hebräer)

Gottes ist der Orient!
Gottes ist der Okzident!
Nord- und südliches Gelände
Ruht im Frieden seiner Hände!
(J. W. Goethe in: West-östlicher Divan, Moganni Nameh: Buch des Sängers / Talismane)

...grenzenlose Tautologien und Wiederholungen bilden den Körper dieses heiligen Buches, das uns, so oft wir auch daran gehen, immer von neuem anwidert, dann aber anzieht, in Erstaunen setzt und am Ende Verehrung abnötigt. [...] Der Stil des Korans ist seinem Inhalt und Zweck gemäß streng, groß, furchtbar, stellenweis wahrhaft erhaben; so treibt ein Keil den anderen und darf sich über die große Wirksamkeit des Buches niemand verwundern.
(J. W. Goethe in: West-östlicher Divan, Noten und Abhandlungen)

Mir willst du zum Gotte machen,
Solch ein Jammerbild am Holze!
(J. W. Goethe in: West-östlicher Divan, Aus dem Nachlaß)

ઈ

Närrisch, daß jeder in seinem Falle
Seine besondere Meinung preist!
Wenn Islam Gott ergeben heißt,
In Islam leben und sterben wir alle.
(J. W. Goethe in: West-östlicher Divan / Hikmet Nameh: Buch der Sprüche)

ઈ

Ob der Koran von Ewigkeit sei?
Darnach frag' ich nicht!
[…]
Daß er das Buch der Bücher sei,
Glaub' ich aus Mosleminen-Pflicht.
Daß aber der Wein von Ewigkeit sei,
Daran zweifl' ich nicht.
[…]
Der Trinkende, wie es auch immer sei,
Blickt Gott frischer ins Angesicht.
(J. W. Goethe in: West-östlicher Divan / Saki Nameh: Das Schenkenbuch)

ઈ

Werdet ihr in jeder Lampe Brennen
Fromm den Abglanz höhern Lichts erkennen,
Soll euch nie ein Mißgeschick verwehren,
Gottes Thron am Morgen zu verehren.
(J. W. Goethe in: West-östlicher Divan / Parsi Nameh: Buch des Parsen)

Fehlt es dem protestantischen Kultus im ganzen an Fülle, so untersuche man das einzelne, und man wird finden, der Protestant hat zu wenig Sakramente, ja er hat nur eins, bei dem er sich tätig erweist, das Abendmahl: denn die Taufe sieht er nur an anderen vollbringen, und es wird ihm nicht wohl dabei.
(J. W. Goethe in: Dichtung und Wahrheit, II, Buch 7)

In dem Abendmahle sollen die irdischen Lippen ein göttliches Wesen verkörpert empfangen und unter der Form irdischer Nahrung einer himmlischen teilhaftig werden.
(J. W. Goethe in: Dichtung und Wahrheit, II, Buch 7)

Den deutschen Mannen gereicht's zum Ruhm,
Daß sie gehaßt das Christentum,
Bis Herrn Carolus' leidigem Degen
Die edlen Sachsen unterlegen.
(J. W. Goethe in: Sprüche, Nr. 183)

Glaubt nicht, daß ich fasele, daß ich dichte,
Seht hin und findet mir andre Gestalt!
Es ist die ganze Kirchengeschichte
Mischmasch von Irrtum und von Gewalt.
(J. W. Goethe in: Zahme Xenien IX)

Laßt euch nur von Pfaffen sagen
Was die Kreuzigung eingetragen!
Niemand kommt zum höchsten Flor
Von Kranz und Orden,
Wenn einer nicht zuvor
Derb gedroschen worden.
(J. W. Goethe in: Zahme Xenien IX)

ဢ

Das Heiligste.
Was ist das Heiligste? Das, was heut und ewig die Geister,
Tief und tiefer gefühlt, immer nur einiger macht.
(J. W. Goethe/F.Schiller in: Xenion, Nr. 136)

ဢ

Wer Wissenschaft und Kunst besitzt,
Hat auch Religion;
Wer jene beiden nicht besitzt,
Der habe Religion.
(J. W. Goethe in: Zahme Xenien IX)

ဢ

Guter Gott von deinem Himmel, alte Kinder siehst du und junge Kinder, und nichts weiter; und an welchen du mehr Freude hast, das hat dein Sohn schon lange verkündet.
(J. W. Goethe in: Die Leiden des jungen Werthers, 29. Juni 1771)

ဢ

Wir sollen es mit den Kindern machen, wie Gott mit uns, der uns am glücklichsten macht, wenn er uns in

freundlichem Wahne so hintaumeln läßt.
(J. W. Goethe in: Die Leiden des jungen Werthers, 6. Juli 1771)

Am Jüngsten Tag, wenn die Posaunen schallen
Und alles aus ist mit dem Erdeleben,
Sind wir verpflichtet, Rechenschaft zu geben
Von jedem Wort, das unnütz uns entfallen.
(J. W. Goethe in: Sonette XIII / Warnung)

Er war nunmehr der Länder satt,
Wo man so viele Kreuze hat
Und man für lauter Kreuz und Christ
Ihn eben und sein Kreuz vergißt.
(J. W. Goethe in: Der ewige Jude)

...Paulus hat Dinge geschrieben, die die ganze Christliche Kirche in corpore bis auf den heutigen Tag nicht versteht.
(J. W. Goethe in: Brief des Pastors)

Wir können bei der Betrachtung des Weltgebäudes, in seiner weitesten Ausdehnung, uns der Vorstellung nicht erwehren, daß dem Ganzen eine Idee zum Grunde liege, wonach Gott in der Natur, die Natur in Gott, von Ewigkeit zu Ewigkeit, schaffen und wirken möge.
(J. W. Goethe in: Bedenken und Ergebung)

…das gefährlichste aller Bücher, in weltgeschichtlicher Hinsicht, wenn durchaus einmal von Gefährlichkeit die Rede sein solle, sei doch wohl unstreitig die Bibel, weil wohl leicht kein anderes Buch so viel Gutes und Böses, als dieses, im Menschengeschlechte zur Entwickelung gebracht habe.
(J. W. Goethe in: Gespräch mit Johann Daniel Falk, 10. November 1810)

Es bleibt wahr: das Mährchen von Christus ist Ursache, dass die Welt noch 10.000 Jahre stehen kann und niemand recht zu Verstand kommt, weil es ebenso viel Kraft des Wissens, des Verstandes, des Begriffs braucht, um es zu vertheidigen als es zu bestreiten.
(J. W. Goethe in: Brief an Johann Gottfried Herder, 4. September 1788)

Ich sprach mir's aus: als wenn die ewige Harmonie sich mit sich selbst unterhielte, wie sichs etwa in Gottes Busen, kurz vor der Weltschöpfung möchte zugetragen haben; so bewegte sich's auch in meinem Innern, und es war mir als wenn ich weder Ohren, am wenigsten Augen und weiter keine übrigen Sinne besäße noch brauchte.
(J. W. Goethe in: Briefentwurf an Carl Friedrich Zelter, Ende Juni 1827)

Es lebt ein Gott zu strafen und zu rächen.
(F. Schiller in: Wilhelm Tell, Szene IV/3, Vers 2596 / Wilhelm Tell)

Er ist euer Augapfel gewesen bisher, nun aber, ärgert dich dein Auge, sagt die Schrift, so reiß es aus. Es ist besser einäugig gen Himmel als mit zwei Augen in die Hölle.

(F. Schiller in: Die Räuber, Szene I/1 / Franz)

ꝏ

Noch keinen sah ich fröhlich enden,
Auf den mit immer vollen Händen
Die Götter ihre Gaben streun.

(F. Schiller in: Der Ring des Polykrates)

ꝏ

Mut zeiget auch der Mameluck,
Gehorsam ist des Christen Schmuck...

(F. Schiller in: Der Kampf mit dem Drachen)

ꝏ

Das Universum ist ein Gedanke Gottes.

(F. Schiller in: Philosophische Briefe)

V. Natur und Schöpfung

Aber die Sonne duldet kein Weißes,
Überall regt sich Bildung und Streben,
Alles will sie mit Farben beleben;
Doch an Blumen fehlt's im Revier,
Sie nimmt geputzte Menschen dafür.
(J. W. Goethe in: Faust I, Vers 911-915 / Faust – Osterspaziergang)

ꕥ

Das stolze Licht, das nun der Mutter Nacht
Den alten Rang, den Raum ihr streitig macht,
Und doch gelingt's ihm nicht, da es, so viel es strebt,
Verhaftet an den Körpern klebt.
(J. W. Goethe in: Faust I, Vers 1351-1354 / Mephistopheles)

ꕥ

Einst hatt' ich einen schönen Traum;
Da sah ich einen Apfelbaum,
Zwei schöne Äpfel glänzten dran,
Sie reizten mich, ich stieg hinan.
(J. W. Goethe in: Faust I, Vers 4128-4131 / Faust)

ꕥ

Hier ist ein Saft, der eilig trunken macht.
(J. W. Goethe in: Faust I, Vers 732 / Faust)

ꕥ

So schreitet in dem engen Bretterhaus
Den ganzen Kreis der Schöpfung aus,

Und wandelt mit bedächt'ger Schnelle
Vom Himmel durch die Welt zur Hölle.
(J. W. Goethe in: Faust I, Vers 239-242 / Direktor)

ꕥ

Vom Eise befreit sind Strom und Bäche
Durch des Frühlings holden, belebenden Blick…
(J. W. Goethe in: Faust I, Vers 903-904 / Faust)

ꕥ

Was du ererbt von deinen Vätern hast
Erwirb es um es zu besitzen.
Was man nicht nützt ist eine schwere Last;
Nur was der Augenblick erschafft, das kann er nützen.
(J. W. Goethe in: Faust I, Vers 682-685 / Faust)

ꕥ

Wie alles sich zum Ganzen webt,
Eins in dem andern wirkt und lebt!
(J. W. Goethe in: Faust I, Vers 447-448 / Faust)

ꕥ

Rosen, ihr blendenden,
Balsam versendenden!
Flatternde, schwebende,
Heimlich belebende,
Zweiglein beflügelte,
Knospen entsiegelte,
Eilet zu blühn!
(J. W. Goethe in: Faust II, Vers 11699-11705 / Chor der Engel)

ꕥ

Wie glücklich würde sich der Affe schätzen,
Könnt' er nur auch in's Lotto setzen!
(J. W. Goethe in: Faust I, Vers 2400-2401 / Mephistopheles)

ɛɔ

Wo fass' ich dich, unendliche Natur?
Euch Brüste, wo? Ihr Quellen alles Lebens…
(J. W. Goethe in: Faust I, Vers 455-456 / Faust)

ɛɔ

Am Ende hängen wir doch ab
Von Kreaturen die wir machten.
(J. W. Goethe in: Faust II, Vers 7003-7004 / Mephistopheles)

ɛɔ

Des Lebens Pulse schlagen frisch lebendig,
Ätherische Dämmerung milde zu begrüßen;
Du Erde warst auch diese Nacht beständig
Und atmest neu erquickt zu meinen Füßen…
(J. W. Goethe in: Faust II, Vers 4679-4682 / Faust)

ɛɔ

Ihr glücklichen Augen,
Was je ihr gesehn,
Es sei wie es wolle,
Es war doch so schön!
(J. W. Goethe in: Faust II, Vers 11300 ff. / Lynceus, der Türmer)

ɛɔ

Stünd ich, Natur! vor dir ein Mann allein
Da wär's der Mühe wert ein Mensch zu sein.
(J. W. Goethe in: Faust II, Vers 11406-11407 / Faust)

Sucht nur die Menschen zu verwirren,
Sie zu befriedigen, ist schwer – –
(J. W. Goethe in: Faust I, Vers 131-132 / Direktor)

Über Rosen läßt sich dichten,
In die Äpfel muß man beißen.
(J. W. Goethe in: Faust II, Vers 5168-5169 / Gärtner)

Wenn sich lau die Lüfte füllen
Um den grün umschränkten Plan,
Süße Düfte, Nebelhüllen
Senkt die Dämmerung heran.
Lispelt leise süßen Frieden,
Wiegt das Herz in Kindesruh;
Und den Augen dieses Müden
Schließt des Tages Pforte zu.
(J. W. Goethe in: Faust II, Vers 4634-4641 / Chor)

Man sieht die Blumen welken und die Blätter fallen, aber man sieht auch Früchte reifen und neue Knospen keimen.
(J. W. Goethe in: Wilhelm Meisters Wanderjahre, Buch I, Kapitel 2)

Steine sind stumme Lehrer, sie machen den Beobachter stumm, und das Beste was man von ihnen

lernt ist nicht mitzuteilen.
(J. W. Goethe in: Wilhelm Meisters Wanderjahre, Buch III, Aus Makariens Archiv)

ꕤ

Um zu begreifen, daß der Himmel überall blau ist, braucht man nicht um die Welt zu reisen.
(J. W. Goethe in: Wilhelm Meisters Wanderjahre, Buch II, Betrachtungen im Sinne der Wanderer. Kunst, Ethisches, Natur)

ꕤ

Was bin ich denn gegen das All?
(J. W. Goethe in: Wilhelm Meisters Wanderjahre, Buch 1, Kapitel 10)

ꕤ

Licht und Geist, jenes im Physischen, dieser im Sittlichen herrschend, sind die höchsten denkbaren unteilbaren Energien.
(J. W. Goethe in: Maximen und Reflexionen, Nr. 1202)

ꕤ

Mystik deutet auf die Geheimnisse der Natur und Vernunft und sucht sie durch Wort und Bild zu lösen.
(J. W. Goethe in: Maximen und Reflexionen, Nr. 904)

ꕤ

Der Mensch mag sich wenden wohin er will, er mag unternehmen was es auch sei, stets wird er auf jenen Weg wieder zurückkehren, den ihm die Natur einmal vorgezeichnet hat.
(J. W. Goethe in: Dichtung und Wahrheit, I, Buch 4)

Die Natur wirkt nach ewigen, notwendigen, dergestalt göttlichen Gesetzen, daß die Gottheit selbst daran nichts ändern könnte.
(J. W. Goethe in: Dichtung und Wahrheit, IV, Buch 16)

Wollte man die Herrlichkeit des Frühlings und seiner Blüten nach dem wenigen Obst berechnen, das zuletzt noch von den Bäumen genommen wird; so würde man eine sehr unvollkommene Vorstellung jener lieblichen Jahreszeit haben.
(J. W. Goethe in: Dichtung und Wahrheit, Früheres Vorwort)

Die Pflanze gleicht den eigensinnigen Menschen, von denen man alles erhalten kann, wenn man sie nach ihrer Art behandelt.
(J. W. Goethe in: Die Wahlverwandtschaften, II, Kapitel 9)

Das Leben wohnt in jedem Sterne:
Er wandelt mit den andern gerne
Die selbsterwählte reine Bahn;
Im innern Erdenball pulsieren
Die Kräfte, die zur Nacht uns führen
Und wieder zu dem Tag heran.
(J. W. Goethe in: Zahme Xenien VI)

Das ist Weibergunst! Erst brütet sie, mit Mutterwärme, unsere liebsten Hoffnungen an; dann, gleich einer unbeständigen Henne, verläßt sie das Nest und übergibt ihre schon keimende Nachkommenschaft dem Tod und der Verwesung.
(J. W. Goethe in: Götz von Berlichingen, Zweiter Akt: Bamberg / Weislingen)

ஐ

Das Auge hat sein Dasein dem Licht zu danken. Aus gleichgültigen tierischen Hülfsorganen ruft sich das Licht ein Organ hervor, das seines Gleichen werde; und so bildet sich das Auge am Lichte fürs Licht, damit das innere Licht dem äußeren entgegentrete.
(J. W. Goethe in: Zur Farbenlehre, Didaktischer Teil, Einleitung)

ஐ

Das Auge ist das letzte, höchste Resultat des Lichtes auf den organischen Körper. Das Auge als ein Geschöpf des Lichtes, leistet alles, was das Licht selbst leisten kann.
(J. W. Goethe in: Zur Farbenlehre, Paralipomena II)

ஐ

Das Licht überliefert das Sichtbare dem Auge; das Auge überliefert's dem ganzen Menschen. Das Ohr ist stumm, der Mund ist taub; aber das Auge vernimmt und spricht. In ihm spiegelt sich von außen die Welt, von innen der Mensch. Die Totalität des Innern und Äußern wird durchs Auge vollendet.
(J. W. Goethe in: Zur Farbenlehre, Paralipomena II)

ஐ

Die Farben sind Taten des Lichts, Taten und Leiden.
(J. W. Goethe in: Zur Farbenlehre)

ꕥ

Jene unmittelbare Verwandtschaft des Lichtes und des Auges wird niemand leugnen, aber sich beide zugleich als eins und dasselbe zu denken, hat mehr Schwierigkeit.
(J. W. Goethe in: Zur Farbenlehre, Didaktischer Teil, Einleitung)

ꕥ

Alle Schöpfung ist Werk der Natur. Von Jupiters Throne
Zuckt der allmächtige Strahl, nährt und erschüttert die Welt.
(J. W. Goethe in: Vier Jahreszeiten / Herbst)

ꕥ

Das Ewige regt sich fort in allen,
Denn alles muß in Nichts zerfallen,
Wenn es im Sein beharren will.
(J. W. Goethe in: Eins und Alles)

ꕥ

...der Stier zieht seinen Pflug ohne Widerstand; aber dem edeln Pferde, das du reiten willst, mußt du seine Gedanken ablernen, du mußt nichts Unkluges, nichts unklug von ihm verlangen.
(J. W. Goethe in: Egmont, IV. Aufzug / Egmont)

ꕥ

…gar geneigt wären wir daher, das Erdbeben als entbundene tellurische Electrizität, die Vulkane als erregtes Elementarfeuer anzusehen und solche mit den barometrischen Erscheinungen in Verhältnis zu denken. Hiemit aber trifft die Erfahrung nicht überein.
(J. W. Goethe in: Versuch einer Witterungslehre)

ꙮ

Alle Seelen und Formen von dem, was einst war und künftig sein wird, schweift in dem endlosen Raum ihres Aufenthaltes wolkenartig hin und her; es umgibt die Mütter, und der Magier muß also in ihr Reich gehen, wenn er durch die Macht seiner Kunst über die Form eines Wesens Gewalt haben und ein früheres Geschöpf zu einem Scheinleben hervorrufen will.
(J. W. Goethe zu Johann Peter Eckermann, 10. Januar 1830)

ꙮ

Halte das Bild der Würdigen fest! Wie leuchtende Sterne
Teilte sie aus die Natur durch den unendlichen Raum.
(J. W. Goethe in: Antiker Form sich nähernd)

ꙮ

Ich singe, wie der Vogel singt,
Der in der Zweigen wohnet…
(J. W. Goethe in: Der Sänger)

ꙮ

Im eignen Auge schaue mit Lust,
Was Plato von Anbeginn gewußt;
Denn das ist der Natur Gehalt,
Daß außen gilt was innen galt.
(J. W. Goethe in: Im eignen Auge...)

ꝏ

In der lebendigen Natur geschieht nichts, was nicht in einer Verbindung mit dem Ganzen stehe.
(J. W. Goethe in: Der Versuch als Mittler zwischen Objekt und Subjekt)

ꝏ

Man kann nicht sagen, daß das Unendliche Teile habe. Alle beschränkte Existenzen sind im Unendlichen, sind aber keine Teile des Unendlichen, sie nehmen vielmehr teil an der Unendlichkeit.
(J. W. Goethe in: Studie nach Spinoza)

ꝏ

So in ewiger Dämmerung und Einsamkeit beharrend, sind die Mütter schaffende Wesen, sie sind das schaffende und erhaltende Prinzip, von dem alles ausgeht, was auf der Oberfläche der Erde Gestalt und Leben hat. Was zu atmen aufhört, geht als geistige Natur zu ihnen zurück, und sie bewahren es, bis es wieder Gelegenheit findet, in ein neues Dasein zu treten.
(J. W. Goethe zu Johann Peter Eckermann, 10. Januar 1830)

ꝏ

Eng ist die Welt, und das Gehirn ist weit,
Leicht bei einander wohnen die Gedanken,
Doch hart im Raume stoßen sich die Sachen…
(F. Schiller in: Wallensteins Tod, Szene II/2, Vers 787-789 / Wallenstein)

ꕥ

Da ras't der See und will sein Opfer haben.
(F. Schiller in: Wilhelm Tell, Szene I/1, Vers 147 / Ruodi)

ꕥ

Es lächelt der See, er ladet zum Bade…
(F. Schiller in: Wilhelm Tell, Szene I/1, Vers 1 / Fischerknabe)

ꕥ

Da speit das doppelt geöffnete Haus
Zwei Leoparden auf einmal aus,
Die stürzen mit mutiger Kampfbegier
Auf das Tigertier…
(F. Schiller in: Der Handschuh)

ꕥ

Die Blume verblüht,
Die Frucht muß treiben.
(F. Schiller in: Das Lied von der Glocke)

ꕥ

Alles freuet sich und hoffet,
Wenn der Frühling sich erneut.
(F. Schiller in: Der Jüngling am Bache)

ꕥ

Und soll ich darum das Veilchen unter die Füße treten, weil ich die Rose nicht erlangen kann?
(F. Schiller in: Der Spaziergang unter den Linden, Edwin)

Suchst du das Höchste, das Größte? Die Pflanze kann es dich lehren.
Was sie Willenlos ist, sei du es wollend – das ists!
(F. Schiller in: Das Höchste)

Jeder kommende Frühling, der die Sprösslinge der Pflanzen aus dem Schoße der Erde treibt, gibt mir Erläuterung über das bange Rätsel des Todes und widerlegt meine ängstliche Besorgnis eines ewigen Schlafs.
(F. Schiller in: Philosophische Briefe)

Der astronomische Himmel.
So erhaben, so groß ist, so weit entlegen der Himmel!
Aber der Kleinigkeitsgeist fand auch bis dahin den Weg.
(J. W. Goethe/F. Schiller in: Xenion, Nr. 180)

VI. Menschliches und Kreatürliches

Man spricht vergebens viel, um zu versagen;
Der andre hört von allem nur das Nein.
(J. W. Goethe in: Iphigenie auf Tauris. 1. Aufzug, 3. Auftritt / Thoas)

ꝏ

Um Gut's zu tun braucht's keiner Überlegung.
(J. W. Goethe in: Iphigenie auf Tauris, 5. Aufzug, 3. Auftritt / Iphigenie)

ꝏ

Ach! unsre Taten selbst, so gut als unsre Leiden,
Sie hemmen unsres Lebens Gang.
(J. W. Goethe in: Faust I, Vers 632-633 / Faust)

ꝏ

Das Alter macht nicht kindisch, wie man spricht,
Es findet uns nur noch als wahre Kinder.
(J. W. Goethe in: Faust I, Vers 212-213 / Lustige Person)

ꝏ

Dem Volke hier wird jeder Tag ein Fest.
Mit wenig Witz und viel Behagen
Dreht jeder sich im engen Zirkeltanz,
Wie junge Katzen mit dem Schwanz.
(J. W. Goethe in: Faust I, Vers 2161-2164 / Mephistopheles)

ꝏ

Dem Hunde, wenn er gut gezogen,
Wird selbst ein weiser Mann gewogen.
(J. W. Goethe in: Faust I, Vers 1174-1175 / Wagner)

ꝏ

Der letzte Trunk sei nun, mit ganzer Seele,
Als festlich hoher Gruß, dem Morgen zugebracht!
(J. W. Goethe in: Faust I, Vers 735-736 / Faust)

ꝏ

Der Menschheit ganzer Jammer faßt mich an.
(J. W. Goethe in: Faust I, Vers 4406 / Faust I / Faust)

ꝏ

Die schlechteste Gesellschaft läßt dich fühlen,
Daß du ein Mensch mit Menschen bist.
(J. W. Goethe in: Faust I, Vers 1637-1638 / Mephistopheles)

ꝏ

Nach jenem Durchgang hinzustreben,
Um dessen engen Mund die ganze Hölle flammt;
Zu diesem Schritt sich heiter zu entschließen,
Und wär' es mit Gefahr, in's Nichts dahin zu fließen.
(J. W. Goethe in: Faust I, Vers 716-719 / Faust)

ꝏ

Du bist dir nur des einen Triebs bewußt,
O lerne nie den andern kennen!
Zwei Seelen wohnen, ach! in meiner Brust,
Die eine will sich von der andern trennen;

Die eine hält in derber Liebeslust,
Sich an die Welt mit klammernden Organen;
Die andre hebt gewaltsam sich vom Dust
Zu den Gefilden hoher Ahnen.
(J. W. Goethe in: Faust I, Vers 1110-1117 / Faust)

Er [der Mensch] nennt's Vernunft und braucht's allein,
Nur tierischer als jedes Tier zu sein.
(J. W. Goethe in: Faust I, Vers 285-286 / Mephistopheles)

Greift nur hinein in's volle Menschenleben!
Ein jeder lebt's, nicht vielen ist's bekannt,
Und wo ihr's packt, da ist's interessant.
(J. W. Goethe in: Faust I, Vers 167-169 / Lustige Person)

...Denn jeder, der sein innres Selbst
Nicht zu regieren weiß, regierte gar zu gern
Des Nachbars Willen, eignem stolzem Sinn gemäß...
(J. W. Goethe in: Faust II, Vers 7015-7017 / Erichto)

Die Menge schwankt im ungewissen Geist,
Dann strömt sie nach, wohin der Strom sie reißt.
(J. W. Goethe in: Faust II, Vers 10381-10382 / Kaiser)

Gehorche willig der Gewalt!
Und bist du kühn, und hältst du Stich,
So wage Haus und Hof und – Dich.
(J. W. Goethe in: Faust II, Vers 11375-11377 / Chorus)

Die Dilettanten, wenn sie das Möglichste getan haben, pflegen zu ihrer Entschuldigung zu sagen, die Arbeit sei noch nicht fertig.
(J. W. Goethe in: Wilhelm Meisters Wanderjahre, Buch II, Betrachtungen im Sinne der Wanderer. Kunst, Ethisches, Natur)

ൠ

Solch ein Gewimmel möcht ich sehn,
Auf freiem Grund mit freiem Volke stehn.
(J. W. Goethe in: Faust II, Vers 11579-11580 / Faust)

ൠ

Sucht nur die Menschen zu verwirren,
Sie zu befriedigen, ist schwer – –
(J. W. Goethe in: Faust I, Vers 131-132 / Direktor)

ൠ

Und auf vorgeschriebenen Bahnen
Zieht die Menge durch die Flur;
Den entrollten Lügenfahnen
Folgen alle. – Schafsnatur!
(J. W. Goethe in: Faust II, Vers 10403-10406 / Zweiter Kundschafter)

ൠ

...an der Farbe läßt sich die Sinnesweise, an dem Schnitt die Lebensweise des Menschen erkennen.
(J. W. Goethe in: Wilhelm Meisters Wanderjahre, Buch II, Kapitel 2)

ൠ

Bekanntschaften, wenn sie sich auch gleichgültig ankündigen, haben oft die wichtigsten Folgen…
(J. W. Goethe in: Wilhelm Meisters Wanderjahre, Buch III, Kapitel 7)

ꕥ

Das höchste Glück ist das, welches unsere Mängel verbessert und unsere Fehler ausgleicht.
(J. W. Goethe in: Wilhelm Meisters Wanderjahre Buch II, Betrachtungen im Sinne der Wanderer. Kunst, Ethisches, Natur)

ꕥ

Der edle Mensch kann sich in Momenten vernachlässigen, der vornehme nie.
(J. W. Goethe in: Wilhelm Meisters Lehrjahre, Buch V, Kapitel 16)

ꕥ

Sie streiten sich […] um Freiheitsrechte.
Genau besehn, sind's Knechte gegen Knechte.
(J. W. Goethe in: Faust II, Vers 6962-6963 / Mephistopheles)

ꕥ

Die Menge kann tüchtige Menschen nicht entbehren, und die Tüchtigen sind ihnen jederzeit zur Last.
(J. W. Goethe in: Maximen und Reflexionen, Nr. 1154)

ꕥ

Ein Eklektiker aber ist ein jeder, der aus dem, was ihn umgibt, aus dem was sich um ihn ereignet, sich dasjenige aneignet, was seiner Natur gemäß ist…
(J. W. Goethe in: Wilhelm Meisters Wanderjahre, Buch III, Aus Makariens Archiv)

Setzten wir uns an die Stelle anderer Personen, so würden Eifersucht und Haß wegfallen, die wir so oft gegen sie empfinden; und setzten wir andere an unsere Stelle, so würde Stolz und Einbildung gar sehr abnehmen.

(J. W. Goethe in: Wilhelm Meisters Wanderjahre, Buch III, Aus Makariens Archiv)

Uns rührt die Erzählung jeder guten Tat, uns rührt das Anschauen jedes harmonischen Gegenstandes; wir fühlen dabei, daß wir nicht ganz in der Fremde sind, wir wähnen einer Heimat näher zu sein, nach der unser Bestes, Innerstes ungedultig hinstrebt.

(J. W. Goethe in: Wilhelm Meisters Lehrjahre, Buch VII, Kapitel 1)

…wenn man es genau betrachtet, so wird jede auch nur die geringste Fähigkeit uns angeboren…

(J. W. Goethe in: Wilhelm Meisters Lehrjahre, Buch VIII, Kapitel 3)

Begegnet uns jemand, der uns Dank schuldig ist, gleich fällt es uns ein. Wie oft können wir jemand begegnen, dem wir Dank schuldig sind, ohne daran zu denken.

(J. W. Goethe in: Maximen und Reflexionen, Nr. 1347)

Der Haß ist ein aktives Mißvergnügen, der Neid ein passives; deshalb darf man sich nicht wundern, wenn der Neid so schnell in Haß übergeht.
(J. W. Goethe in: Maximen und Reflexionen, Nr. 1273)

ꟸ

Die größten Schwierigkeiten liegen da, wo wir sie nicht suchen.
(J. W. Goethe in: Wilhelm Meisters Wanderjahre, Buch III, Aus Makariens Archiv)

Die Menschen, da sie zum Notwendigen nicht hinreichen, bemühen sich ums Unnütze.
(J. W. Goethe in: Maximen und Reflexionen, Nr. 1302)

Die Menschen werden an sich und andern irre, weil sie die Mittel als Zweck behandeln, da dann vor lauter Tätigkeit gar nichts geschieht oder vielleicht gar das Widerwärtige.
(J. W. Goethe in: Maximen und Reflexionen, Nr. 1080)

Drei Klassen von Narren:
die Männer aus Hochmut,
die Mädchen aus Liebe,
die Frauen aus Eifersucht.
(J. W. Goethe in: Maximen und Reflexionen, Nr. 1367)

Es gibt keine Lage, die man nicht veredeln könnte durch Leisten oder Dulden.
(J. W. Goethe in: Maximen und Reflexionen, Nr. 1052)

Es gibt Menschen, die auf die Mängel ihrer Freunde sinnen; dabei ist nichts zu gewinnen. Ich habe immer auf die Verdienste meiner Widersacher acht gehabt und davon Vorteil gezogen.
(J. W. Goethe in: Maximen und Reflexionen, Nr. 270)

Es gibt Menschen, die gar nicht irren, weil sie sich nichts Vernünftiges vorsetzen.
(J. W. Goethe in: Maximen und Reflexionen, Nr. 342)

Es ist eine Forderung der Natur, daß der Mensch mitunter betäubt werde, ohne zu schlafen; daher der Genuß im Tabakrauchen, Branntweintrinken, Opiaten.
(J. W. Goethe in: Maximen und Reflexionen, Nr. 1242)

Es ziemt sich dem Bejahrten, weder in der Denkweise noch in der Art sich zu kleiden der Mode nachzugehen.
(J. W. Goethe in: Maximen und Reflexionen, Nr. 380)

Jedem Alter des Menschen antwortet eine gewisse Philosophie. Das Kind erscheint als Realist; denn es findet sich so überzeugt von dem Dasein der Birnen und Äpfel als von dem seinigen. Der Jüngling, von innern Leidenschaften bestürmt, muß auf sich selbst merken, sich vorfühlen: er wird zum Idealisten umgewandelt. Dagegen ein Skeptiker zu werden, hat der Mann alle Ursache; er tut wohl zu zweifeln, ob das Mittel, das er zum Zwecke gewählt hat, auch das rechte sei. Vor dem Handeln, im Handeln hat er alle Ursache, den Verstand beweglich zu erhalten, damit er nicht nachher sich über eine falsche Wahl zu betrüben habe. Der Greis jedoch wird sich immer zum Mystizismus bekennen.
(J. W. Goethe in: Maximen und Reflexionen, Nr. 1315)

Man würde einander besser kennen, wenn sich nicht immer einer dem andern gleichstellen wollte.
(J. W. Goethe in: Maximen und Reflexionen, Nr. 1165)

Nichts ist widerwärtiger als die Majorität; denn sie besteht aus wenigen kräftigen Vorgängern, aus Schelmen, die sich akkomodiren, aus Schwachen, die sich assimilieren, und der Masse, die nachtrollt, ohne nur im mindesten zu wissen, was sie will.
(J. W. Goethe in: Maximen und Reflexionen, Nr. 136)

Vollkommenheit ist die Norm des Himmels, Vollkommenes wollen die Norm des Menschen.
(J. W. Goethe in: Maximen und Reflexionen, Nr. 1234)

Wer viel mit Kindern lebt, wird finden, daß keine äußere Einwirkung auf sie ohne Gegenwirkung bleibt.
(J. W. Goethe in: Maximen und Reflexionen, Nr. 1316)

Wer nicht von dreitausend Jahren
Sich weiß Rechenschaft zu geben,
Bleib im Dunkeln unerfahren,
Mag von Tag zu Tage leben.
(J. W. Goethe in: West-östlicher Divan / Rendsch Nameh: Buch des Unmuts)

Das geistreiche Zusammensein lebelustiger Menschen zeichnet sich vor allem aus durch eine Sprach- und Gebärdensymbolik. Es entsteht eine Art Gauneridiom, welches, indem es die Eingeweihten höchst glücklich macht, den Fremden unbemerkt bleibt, oder, bemerkt, verdrießlich wird.
(J. W. Goethe in: Dichtung und Wahrheit, IV, Buch 17)

Das gemeine Menschenschicksal, an welchem wir alle zu tragen haben, muß denjenigen am schwersten aufliegen, deren Geisteskräfte sich früher und breiter entwickeln.
(J. W. Goethe in: Dichtung und Wahrheit, III, Buch 15)

Die reinste Freude, die man an einer geliebten Person finden kann, ist die, zu sehen, daß sie andere erfreut.
(J. W. Goethe in: Dichtung und Wahrheit, III, Buch 2)

Ich, der ich immer gehört hatte, auf die Ohrfeige eines Mädchens gehöre ein derber Kuß…
(J. W. Goethe in: Dichtung und Wahrheit, I, Buch 2)

Knaben, denen ja doch alles zum Scherze dienen muß, sich am Schall der Worte, am Fall der Silben ergetzen, und durch eine Art von parodistischem Mutwillen den tiefen Gehalt des edelsten Werks zerstören.
(J. W. Goethe in: Dichtung und Wahrheit, III, Buch 11)

Das weibliche Geschlecht hegt ein eignes, inneres, unwandelbares Interesse, von dem sie nichts in der Welt abtrünnig macht; im äußern geselligen Verhältnis hingegen lassen sie sich gern und leicht durch den Mann bestimmen, der sie eben beschäftigt; und so durch Abweisen wie durch Empfänglichkeit, durch Beharren und Nachgiebigkeit führen sie eigentlich das Regiment, dem sich in der gesitteten Welt kein Mann zu entziehen wagt.
(J. W. Goethe in: Die Wahlverwandtschaften, II, Kapitel 7)

Niemand ist mehr Sklave, als der sich für frei hält, ohne es zu sein.
(J. W. Goethe in: Die Wahlverwandtschaften, II, Kapitel 5, Aus Ottiliens Tagebuche)

Die größten Menschen hängen immer mit ihrem Jahrhundert durch eine Schwachheit zusammen.
(J. W. Goethe in: Die Wahlverwandtschaften, II, Kapitel 5, Aus Ottiliens Tagebuche)

༄

Durch nichts bezeichnen die Menschen mehr ihren Charakter als durch das, was sie lächerlich finden.
(J. W. Goethe in: Die Wahlverwandtschaften, II, Kapitel 5, Aus Ottiliens Tagebuche)

༄

Man erziehe die Knaben zu Dienern und die Mädchen zu Müttern, so wird es überall wohl stehn.
(J. W. Goethe in: Die Wahlverwandtschaften, II, Kapitel 7)

༄

Der sinnliche Mensch lacht oft, wo nichts zu lachen ist. Was ihn auch anregt, sein inneres Behagen kommt zum Vorschein.
(J. W. Goethe in: Die Wahlverwandtschaften, II, Kapitel 5, Aus Ottiliens Tagebuche)

༄

Völlig fremde und gegeneinander gleichgültige Menschen, wenn sie eine Zeitlang zusammenleben, kehren ihr Inneres wechselseitig heraus, und es muß eine gewisse Vertraulichkeit entstehen.
(J. W. Goethe in: Die Wahlverwandtschaften, II, Kapitel 13)

༄

...aber der Mensch ist ein wahrer Narziß; er bespiegelt sich überall gern selbst, er legt sich als Folie der ganzen Welt unter.
(J. W. Goethe in: Die Wahlverwandtschaften, I, Kapitel 4)

Der Alte schlummert wie das Kind,
Und wie wir eben Menschen sind,
Wir schlafen sämtlich auf Vulkanen.
(J. W. Goethe in: Zahme Xenien IV)

Gleich sei Keiner dem Andern; doch gleich sei Jeder dem Höchsten.
Wie das zu machen? Es sei jeder vollendet in sich.
(J. W. Goethe in: Vier Jahrszeiten)

...ein Mensch, der um anderer willen, ohne daß es seine eigene Leidenschaft, sein eigenes Bedürfnis ist, sich um Geld oder Ehre oder sonst etwas abarbeitet, ist immer ein Tor.
(J. W. Goethe in: Die Leiden des jungen Werthers, 19. Juli 1771)

...denn darin sind die Weiber fein und haben recht; wenn sie zwei Verehrer in gutem Vernehmen mit einander erhalten können, ist der Vorteil immer ihr, so selten es auch angeht.
(J. W. Goethe in: Die Leiden des jungen Werthers, 30. Juli 1771)

Ich will, lieber Freund, ich verspreche dir's, ich will mich bessern, will nicht mehr ein bißchen Übel, das uns das Schicksal vorlegt, wiederkäuen, wie ich's immer getan habe; ich will das Gegenwärtige genießen, und das Vergangene soll mir vergangen sein.
(J. W. Goethe in: Die Leiden des jungen Werthers, 4. Mai 1771)

Aber ich werde der letzte nicht sein, den es bitter gereute,
Frauenrat befolget zu haben.
(J. W. Goethe in: Reineke Fuchs, 7. Gesang, Vers 101-102)

Alle Menschen guter Art empfinden bei zunehmender Bildung, daß sie auf der Welt eine doppelte Rolle zu spielen haben, eine wirkliche und eine ideelle, und in diesem Gefühl ist der Grund alles Edlen aufzusuchen.
(J. W. Goethe in: Dichtung und Wahrheit, III, Buch 11)

„Alles erkläret sich wohl", so sagt mir ein Schüler, „aus jenen Theorien, die uns weislich der Meister gelehrt."
Habt ihr einmal das Kreuz von Holze tüchtig gezimmert,
Paßt ein lebendiger Leib freilich zur Strafe daran.
(J. W. Goethe in: Epigramme, Nr. 79)

Denn man verdient wenig Dank von den Menschen, wenn man ihr inneres Bedürfnis erhöhen, ihnen eine große Idee von ihnen selbst geben, ihnen das Herrliche eines wahren, edlen Daseins zum Gefühl bringen will.
(J. W. Goethe in: Italienische Reise, 19. September 1786)

&

Des echten Mannes wahre Feier ist die Tat.
(J. W. Goethe in: Pandora, Vers 1045 / Prometheus)

&

Die Menschen lieben die Dämmerung mehr als den hellen Tag, und eben in der Dämmerung erscheinen die Gespenster.
(J. W. Goethe in: Der Groß- Cophta, Szene II/4 / Marquise)

&

Die menschliche Gestalt kann nicht bloß durch das Beschauen ihrer Oberfläche begriffen werden; man muß ihr Inneres entblößen, ihre Teile sondern, die Verbindungen derselben bemerken, die Verschiedenheiten kennen, sich von Wirkung und Gegenwirkung unterrichten, das Verborgene, Ruhende, das Fundament der Erscheinung sich einprägen, wenn man dasjenige wirklich schauen und nachahmen will, was sich als ein schönes, ungetrenntes Ganze in lebendigen Wellen vor unserm Auge bewegt.
(J. W. Goethe in: Einleitung in die Zeitschrift „Propyläen“)

&

Es ist ein frommer Wunsch aller Väter, das, was ihnen selbst abgegangen, an den Söhnen realisiert zu sehen, so ohngefähr, als wenn man zum zweitenmal lebte und die Erfahrungen der ersten Lebenshälfte nun erst recht nutzen wollte.
(J. W. Goethe in: Dichtung und Wahrheit, I, Buch 1)

ꕤ

Für alle Vögel gibt es Lockspeisen, und jeder Mensch wird auf seine eigene Art geleitet und verleitet.
(J. W. Goethe in: Dichtung und Wahrheit, I, Buch 5)

ꕤ

Indessen nehme ich für bekannt, daß eine Frau herrscht und herrschen muß; daher, wenn ich ein Frauenzimmer kennen lerne, gebe ich nur darauf acht, wo sie herrscht; denn daß sie irgendwo herrsche, setze ich voraus.
(J. W. Goethe in: Die guten Weiber / Seyton)

ꕤ

Jeglichen Schwärmer schlagt mir ans Kreuz im dreißigsten Jahre,
Kennt er nur einmal die Welt, wird der Betrogne der Schelm.
(J. W. Goethe in: Venetianische Epigramme, Nr. 21)

ꕤ

Leider ist es im Diätetischen wie im Moralischen: wir können einen Fehler nicht eher einsehen, als bis wir ihn los sind; wobei denn nichts gewonnen wird, weil der nächste Fehler dem vorhergehenden nicht

ähnlich sieht und also unter derselben Form nicht erkannt werden kann.
(J. W. Goethe in: Dichtung und Wahrheit, II, Buch 8)

Man liebt an dem Mädchen, was es ist, und an dem Jüngling, was er ankündigt.
(J. W. Goethe in: Dichtung und Wahrheit, III, Buch 14)

Meine Wahl
Ich liebe mir den heitern Mann
Am meisten unter meinen Gästen:
Wer sich nicht selbst zum besten haben kann,
Der ist gewiß nicht von den Besten.
(J. W. Goethe in: Sprüche, Nr. 90)

Nur durch geregelte Übung könnte man vorwärts kommen.
(J. W. Goethe in: Italienische Reise, 17. Februar 1787)

Schicksal des Menschen,
Wie gleichst du dem Wind!
(J. W. Goethe in: Gesang der Geister über den Wassern)

Was man in der Jugend wünscht,
hat man im Alter die Fülle.
(J. W. Goethe in: Dichtung und Wahrheit, II, Buch 6)

Was aber den fühlenden Jüngling am meisten ängstigt, ist die unaufhaltsame Wiederkehr unserer Fehler: denn wie spät lernen wir einsehen, daß wir, indem wir unsere Tugenden ausbilden, unsere Fehler zugleich mit anbauen.
(J. W. Goethe in: Dichtung und Wahrheit, III, Buch 13)

Tod ist Trennung,
Dreifacher Tod
Trennung ohne Hoffnung
Wiederzusehn.
(J. W. Goethe in: Oden an meinen Freund, Dritte Ode)

Wenn ich bedenke wie man wenig ist,
Und was man ist, das blieb man andern schuldig.
(J. W. Goethe in: Torquato Tasso, Szene I/1, Vers 105-106 / Prinzessin)

Man soll thun was man kan einzelne Menschen vom Untergang zu retten.
(J. W. Goethe in: Brief an Charlotte von Stein, 12. September 1780)

Wie über die Menschen, so auch über die Denkmäler läßt sich die Zeit ihr Recht nicht nehmen.
(J. W. Goethe in: Die Wahlverwandschaften, II, Kapitel 2, Aus Ottiliens Tagebuche)

Im Grunde aber sind wir alle kollektive Wesen, wir mögen uns stellen, wie wir wollen. Denn wie weniges haben und sind wir, das wir im reinsten Sinne unser Eigentum nennen! Wir müssen alle empfangen und lernen, sowohl von denen, die vor uns waren, als von denen, die mit uns sind. Selbst das größte Genie würde nicht weit kommen, wenn es alles seinem eigenen Innern verdanken wollte.
(J. W. Goethe zu Johann Peter Eckermann 17. Februar 1832)

Ältere Bekanntschaften und Freundschaften haben vor neuen hauptsächlich das voraus, daß man sich einander schon viel verziehen hat.
(J. W. Goethe: Brief an Dorothea von Knabenau, 14. Oktober 1808)

Wie im Auge mit fliegenden Mücken,
So ist's mit Sorgen ganz genau;
Wenn wir in die schöne Welt hinein blicken,
Da schwebt ein Spinnweben-Grau...
(J. W. Goethe in: Zahme Xenien VI)

Sonst, der Mensch auf sich allein gestellt, suchte er Hilfe bei anderen: in Burgen, Schlössern, bei Freunden. Jetzt, in der öffentlichsten Kommunikation hilflos, und nur durch sein Inneres zu trösten und zu helfen.
(J. W. Goethe in: Gespräch mit Friedrich Wilhelm Riemer, 14. Mai 1808)

...und der Parteigeist der meistens Collegen trennt, macht dem Friedfertigsten das Leben am sauersten und füllt die Lustörter der Wissenschaften mit Hader und Zank.
(J. W. Goethe in: Brief an Gottfried August Bürger, 20. Februar 1782)

Nicht Strenge legte Gott in's weiche Herz
Des Weibes.
(F. Schiller in: Maria Stuart, Szene II/3, Vers 1343-1344 / Talbot)

Wer nichts fürchtet ist nicht weniger mächtig als der, den alles fürchtet.
(F. Schiller in: Die Räuber, Szene I/1 / Franz)

Der Feigen waren mehr, denn der Streitbaren, der Dummen mehr, denn der Klugen – Mehrheit setzte durch.
(F. Schiller in: Die Verschwörung des Fiesko zu Genua, Szene II/8 / Fiesko)

Und was
Ist Zufall anders, als der rohe Stein,
Der Leben annimmt unter Bildners Hand?
Den Zufall gibt die Vorsehung – zum Zwecke
Muß ihn der Mensch gestalten –
(F. Schiller in: Don Karlos, Szene III/9, Vers 2962-2966 / Marquis von Posa)

Denn aus Gemeinem ist der Mensch gemacht,
Und die Gewohnheit nennt er seine Amme.
(F. Schiller in: Wallensteins Tod, Szene I/4, Vers 211-212 / Wallenstein)

Es wächst der Mensch mit seinen größern Zwecken.
(F. Schiller in: Wallensteins Lager, Prolog, Vers 60)

O! hättest du vom Menschen besser stets
Gedacht, du hättest besser auch gehandelt.
(F. Schiller in: Wallensteins Tod, Szene II/7, Vers 1255-1256 / Max Piccolomini)

Wir handeln, wie wir müssen,
So laß uns das Notwendige mit Würde,
Mit festem Schritte tun…
(F. Schiller in: Wallensteins Tod. Szene II/2, Vers 833-835 / Wallenstein)

ȣ

Das ist dein Bruder! – das ist verdolmetscht; Er ist aus eben dem Ofen geschossen worden, aus dem du geschossen bist – also sei er dir heilig!
(F. Schiller in: Die Räuber, Szene I/1 / Franz)

ȣ

Und Hochmut ist's, wodurch die Engel fielen,
Woran der Höllengeist die Menschen faßt.
(F. Schiller in: Die Jungfrau von Orleans, Prolog, Auftritt 2, Vers 131-132 / Thibaut)

ȣ

Es kann der Frömmste nicht im Frieden bleiben,
Wenn es dem bösen Nachbar nicht gefällt.
(F. Schiller in: Wilhelm Tell, Szene IV/3, Vers 2682-2683 / Wilhelm Tell)

ȣ

Rasch tritt der Tod den Menschen an,
Es ist ihm keine Frist gegeben,
Es stürzt ihn mitten in der Bahn,
Es reißt ihn fort vom vollen Leben…
(F. Schiller in: Wilhelm Tell, Szene IV/3, Vers 2833-2836 / Barmherzige Brüder)

ȣ

An die Gesetzgeber.
Setzet immer voraus, daß der Mensch im Ganzen, das Rechte
Will, im einzelnen nur rechnet mir niemals darauf.
(F. Schiller in: Votivtafeln)

ꟹ

Der Mensch ist frei geschaffen, ist frei,
Und würd' er in Ketten geboren...
(F. Schiller in: Die Worte des Glaubens)

Vor dem Sklaven, wenn er die Kette bricht,
Vor dem freien Menschen erzittert nicht!
(F. Schiller in: Die Worte des Glaubens)

Gefährlich ist's, den Leu zu wecken,
Verderblich ist des Tigers Zahn,
Jedoch der schrecklichste der Schrecken
Das ist der Mensch in seinem Wahn.
(F. Schiller in: Das Lied von der Glocke)

...der Mensch ist das Wesen, welches will.
(F. Schiller in: Über das Erhabene)

Der Menschheit Würde ist in eure Hand gegeben,
Bewahret sie!
(F. Schiller in: Die Künstler)

Die Welt wird alt und wird wieder jung,
Doch der Mensch hofft immer Verbesserung!
(F. Schiller in: Hoffnung)

Ehret die Frauen! sie flechten und weben
Himmlische Rosen ins irdische Leben.
(F. Schiller in: Würde der Frauen)

Glücklicher Säugling! Dir ist ein unendlicher Raum noch die Wiege,
Werde Mann, und dir wird eng die unendliche Welt.
(F. Schiller in: Das Kind in der Wiege)

Zwischen Sinnenglück und Seelenfrieden
Bleibt dem Menschen nur die bange Wahl.
(F. Schiller in: Das Ideal und das Leben)

Beherrschung der Triebe durch die moralische Kraft ist Geistesfreiheit, und Würde heißt ihr Ausdruck in der Erscheinung. [...]
Auch die Würde hat ihre verschiedenen Abstufungen und wird da, wo sie sich der Anmut und Schönheit nähert, zum Edeln, und wo sie an das Furchtbare grenzt, zur Hoheit.
Der höchste Grad der Anmut ist das Bezaubernde; der höchste Grad der Würde ist Majestät.
(F. Schiller in: Über Anmut und Würde)

…der Mensch spielt nur, wo er in voller Bedeutung des Worts Mensch ist, und er ist nur da ganz Mensch, wo er spielt.

(F. Schiller in: Briefe über die ästhetische Erziehung des Menschen, 15. Brief)

VII. Weisheiten und Sprüche

Die Vorsicht stellt der List sich klug entgegen.
(J. W. Goethe in: Iphigenie auf Tauris, 5. Aufzug, 3. Auftritt / Thoas)

…zwischen uns
Sei Wahrheit!
(J. W. Goethe in: Iphigenie auf Tauris, 3. Aufzug, 1. Auftritt / Orest)

Ach wenn in unsrer engen Zelle
Die Lampe freundlich wieder brennt,
Dann wird's in unserm Busen helle,
Im Herzen, das sich selber kennt.
Vernunft fängt wieder an zu sprechen,
Und Hoffnung wieder an zu blühn;
Man sehnt sich nach des Lebens Bächen,
Ach! nach des Lebens Quelle hin.
(J. W. Goethe in: Faust I, Vers 1194-1201 / Faust)

Der ganze Strudel strebt nach oben;
Du glaubst zu schieben und du wirst geschoben.
(J. W. Goethe in: Faust I, Vers 4116-4117 / Mephistopheles)

Die Masse könnt ihr nur durch Masse zwingen…
(J. W. Goethe in: Faust I, Vers 95 / Direktor)

…Ein Mittel, ohne Geld
Und Arzt und Zauberei zu haben:
Begib dich gleich hinaus auf's Feld,
Fang' an zu hacken und zu graben,
Erhalte dich und deinen Sinn
In einem ganz beschränkten Kreise,
Ernähre dich mit ungemischter Speise,
Leb' mit dem Vieh als Vieh, und acht' es nicht für Raub,
Den Acker, den du erntest, selbst zu düngen;
Das ist das beste Mittel, glaub',
Auf achtzig Jahr dich zu verjüngen!
(J. W. Goethe in: Faust I, Vers 2351-2361 / Mephistopheles)

Erquickung hast du nicht gewonnen,
Wenn sie dir nicht aus eigner Seele quillt.
(J. W. Goethe in: Faust I, Vers 568-569 / Faust)

Es lebe wer sich tapfer hält!
(J. W. Goethe in: Faust I, Vers 3370 / Mephistopheles)

Ich sag' es dir: ein Kerl, der spekuliert,
Ist wie ein Tier, auf dürrer Heide
Von einem bösen Geist im Kreis herum geführt,
Und rings umher liegt schöne grüne Weide.
(J. W. Goethe in: Faust I, Vers 1830-1833 / Mephistopheles)

Ich bin der Geist, der stets verneint!
Und das mit Recht; denn alles was entsteht
Ist wert daß es zu Grunde geht;
Drum besser wär's, daß nichts entstünde.
So ist denn alles was ihr Sünde,
Zerstörung, kurz das Böse nennt,
Mein eigentliches Element.
(J. W. Goethe in: Faust I, Vers 1338-1344 / Mephistopheles)

Gebraucht der Zeit, sie geht so schnell von hinnen,
Doch Ordnung lehrt euch Zeit gewinnen.
(J. W. Goethe in: Faust I, Vers 1908-1909 / Mephistopheles)

...Mein Leipzig lob' ich mir!
Es ist ein klein Paris, und bildet seine Leute.
(J. W. Goethe in: Faust I, Vers 2171-2172 / Frosch)

Mein schönes Fräulein, darf ich wagen,
Meinen Arm und Geleit Ihr anzutragen?
(J. W. Goethe in: Faust I, Vers 2605-2606 / Faust)

Mit euch, Herr Doktor, zu spazieren
Ist ehrenvoll und ist Gewinn...
(J. W. Goethe in: Faust I, Vers 941-942 / Wagner)

Mit Worten läßt sich trefflich streiten…
(J. W. Goethe in: Faust I, Vers 1997 / Mephistopheles)

ꟈ

Nach Golde drängt,
Am Golde hängt
Doch Alles.
(J. W. Goethe in: Faust I, Vers 2802-2804 / Margarete)

ꟈ

So gib mir auch die Zeiten wieder,
Da ich noch selbst im Werden war,
Da sich ein Quell gedrängter Lieder
Ununterbrochen neu gebar…
(J. W. Goethe in: Faust I, Vers 184-187 / Dichter)

ꟈ

Sobald du dir vertraust, sobald weißt du zu leben.
(J. W. Goethe in: Faust I, Vers 2062 / Mephistopheles)

ꟈ

Sucht nur die Menschen zu verwirren,
Sie zu befriedigen ist schwer.
(J. W. Goethe in: Faust I, Vers 131-132 / Direktor)

ꟈ

Von Zeit zu Zeit seh' ich den Alten gern,
Und hüte mich, mit ihm zu brechen.
Es ist gar hübsch von einem großen Herrn,
So menschlich mit dem Teufel selbst zu sprechen.
(J. W. Goethe in: Faust I, Vers 350-353 / Mephistopheles)

Wenn ich sechs Hengste zahlen kann,
Sind ihre Kräfte nicht die meine?
Ich renne zu und bin ein rechter Mann,
Als hätt' ich vier und zwanzig Beine.
(J. W. Goethe in: Faust I, Vers 1824-1827 / Mephistopheles)

Wer darf das Kind beim rechten Namen nennen?
Die wenigen, die was davon erkannt,
Die töricht g'nug ihr volles Herz nicht wahrten,
Dem Pöbel ihr Gefühl, ihr Schauen offenbarten,
Hat man von je gekreuzigt und verbrannt.
(J. W. Goethe in: Faust I, Vers 589-593 / Faust)

Wer fertig ist, dem ist nichts recht zu machen;
Ein Werdender wird immer dankbar sein.
(J. W. Goethe in: Faust I, Vers 182-183 / Lustige Person)

Wer sich behaglich mitzuteilen weiß,
Den wird des Volkes Laune nicht erbittern…
(J. W. Goethe in: Faust I, Vers 81-82 / Lustige Person)

Zwei Seelen wohnen, ach! in meiner Brust,
Die eine will sich von der andern trennen…
(J. W. Goethe in: Faust I, Vers 1112-1113 / Faust)

Aus dem Palast ins enge Haus,
So dumm läuft es am Ende doch hinaus.
(J. W. Goethe in: Faust II, Vers 11529-11530 / Mephistopheles)

Das Schaudern ist der Menschheit bestes Teil...
(J. W. Goethe in: Faust II, Vers 6272 / Faust)

Das Was bedenke, mehr bedenke Wie?
(J. W. Goethe in: Faust II, Vers 6692 / Homunkulus)

Den lieb' ich der Unmögliches begehrt.
(J. W. Goethe in: Faust II, Vers 7488 / Manto)

Die Sorge sie schleicht sich durchs Schlüsselloch ein.
(J. W. Goethe in: Faust II, Vers 11391 / Sorge)

Die Welle beugt sich jedem Winde gern...
(J. W. Goethe in: Faust II, Vers 7853 / Thales)

Einbläsereien sind des Teufels Redekunst.
(J. W. Goethe in: Faust II, Vers 6400 / Mephistopheles)

Hoch ist der Doppelgewinn zu schätzen:
Barmherzig sein, und sich zugleich ergötzen.
(J. W. Goethe in: Faust II, Vers 8402-8403 / Nereus)

Im Deutschen lügt man, wenn man höflich ist.
(J. W. Goethe in: Faust II, Vers 6771 / Baccalaureus)

Ja diesem Sinne bin ich ganz ergeben,
Das ist der Weisheit letzter Schluß:
Nur der verdient sich Freiheit wie das Leben,
Der täglich sie erobern muß.
(J. W. Goethe in: Faust II, Vers 11573-11576 / Faust)

Krieg, Handel und Piraterie,
Dreieinig sind sie, nicht zu trennen.
(J. W. Goethe in: Faust II, Vers 11187-11188 / Mephistopheles)

Man säe nur, man erntet mit der Zeit.
(J. W. Goethe in: Faust II, Vers 6605 / Mephistopheles)

Rechnung für Rechnung ist berichtigt,
Die Wucherklauen sind beschwichtigt,
Los bin ich solcher Höllenpein;
Im Himmel kanns nicht heitrer sein.
(J. W. Goethe in: Faust II, Vers 6041-6044 / Marschalk)

Soll zwischen uns kein fernster Zwist sich regen,
Ich liebe mir den Zaubrer zum Kollegen.
(J. W. Goethe in: Faust II, Vers 6141-6142 / Schatzmeister)

ꕥ

Uns bleibt ein Erdenrest
Zu tragen peinlich,
Und wär' er von Asbest
Er ist nicht reinlich.
(J. W. Goethe in: Faust II, Vers 11954-11957 / Die vollendeteren Engel)

ꕥ

...Wer befehlen soll,
Muß im Befehlen Seligkeit empfinden.
(J. W. Goethe in: Faust II, Vers 10252-10253 / Faust)

ꕥ

Wo fehlts nicht irgendwo auf dieser Welt?
Dem dies, dem das, hier aber fehlt das Geld.
(J. W. Goethe in: Faust II, Vers 4889-4890 / Mephistopheles)

ꕥ

Allgemeine Begriffe und großer Dünkel sind immer auf dem Wege entsetzliches Unheil anzurichten.
(J. W. Goethe in: Wilhelm Meisters Wanderjahre, Buch II, Betrachtungen im Sinne der Wanderer, Kunst, Ethisches, Natur)

ꕥ

Aufmerksamkeit ist das Leben!
(J. W. Goethe in: Wilhelm Meisters Wanderjahre, Buch I, Kapitel 6)

...dem Reinen ist alles rein...
(J. W. Goethe in: Wilhelm Meisters Wanderjahre, Buch III, Kapitel 3 / Bibelzitat aus dem Titusbrief 1,15)

...denn das ist eben die Eigenschaft der wahren Aufmerksamkeit, daß sie im Augenblick das Nichts zu Allem macht.
(J. W. Goethe in: Wilhelm Meisters Wanderjahre, Buch I, Kapitel 2)

Die Eigenliebe läßt uns sowohl unsre Tugenden als unsre Fehler viel bedeutender, als sie sind, erscheinen.
(J. W. Goethe in: Wilhelm Meisters Lehrjahre, Buch IV, Kapitel 13)

...ein einziges Glied, das in einer großen Kette bricht, vernichtet das Ganze.
(J. W. Goethe in: Wilhelm Meisters Wanderjahre, Buch III, Kapitel 12)

Eine eklektische Philosophie kann es nicht geben, wohl aber eklektische Philosophen.
(J. W. Goethe in: Wilhelm Meisters Wanderjahre, Buch III, Aus Makariens Archiv)

Einer neuen Wahrheit ist nichts schädlicher als ein alter Irrtum.
(J. W. Goethe in: Wilhelm Meisters Wanderjahre, Buch III, Aus Makariens Archiv)

…es kann doch kein Deutscher einen Schuh zuschnallen, der es nicht von einer fremden Nation gelernt hat!
(J. W. Goethe in: Wilhelm Meisters Lehrjahre, Buch IV, Kapitel 16)

Niemand weiß was er tut, wenn er recht handelt, aber des Unrechten sind wir uns immer bewußt.
(J. W. Goethe in: Wilhelm Meisters Lehrjahre, Buch VII, Kapitel 9)

…Sie werden die einfache, treue Rechtlichkeit deutscher Zustände nicht verschmähen, und mir verzeihen, wenn ich nach meiner Art und Denkweise, nach Herkommen und Stellung, kein anmutigeres Bild finde, als wie sie uns der deutsche Mittelstand in seinen reinen Häuslichkeiten sehen läßt.
(J. W. Goethe in: Wilhelm Meisters Wanderjahre, Buch I, Kapitel 7)

Wer das Geld bringt, kann die Ware nach seinem Sinne verlangen.
(J. W. Goethe in: Wilhelm Meisters Lehrjahre, Buch V, Kapitel 9)

Verschwiegenheit fordern ist nicht das Mittel sie zu erlangen.
(J. W. Goethe in: Wilhelm Meisters Wanderjahre, Buch I, Kapitel 5)

ꟽ

Wahrheitsliebe zeigt sich darin, daß man überall das Gute zu finden und zu schätzen weiß.
(J. W. Goethe in: Wilhelm Meisters Wanderjahre, Buch II, Betrachtungen im Sinne der Wanderer. Kunst, Ethisches, Natur)

Was ich recht weiß, weiß ich nur mir selbst; ein ausgesprochenes Wort fördert selten, es erregt meistens Widerspruch, Stocken und Stillstehen.
(J. W. Goethe in: Wilhelm Meisters Wanderjahre, Buch III, Aus Makariens Archiv)

Wen jemand lobt, dem stellt er sich gleich.
(J. W. Goethe in: Wilhelm Meisters Wanderjahre, Buch III, Aus Makariens Archiv)

Sieht man ein Übel, so wirkt man unmittelbar darauf, d.h. man kuriert unmittelbar auf's Symptom los.
(J. W. Goethe in: Wilhelm Meisters Wanderjahre, Buch II, Betrachtungen im Sinne der Wanderer. Kunst, Ethisches, Natur)

Alles ist einfacher, als man denken kann, zugleich verschränkter, als zu begreifen ist.
(J. W. Goethe in: Maximen und Reflexionen, Nr. 525)

Anstatt meinen Worten zu widersprechen, sollten sie nach meinem Sinne handeln.
(J. W. Goethe in: Maximen und Reflexionen, Nr. 272)

Das Beste, was wir von der Geschichte haben, ist der Enthusiasmus, den sie erregt.
(J. W. Goethe in: Maximen und Reflexionen, Nr. 216)

Das Erste und Letzte, was vom Genie gefordert wird, ist Wahrheitsliebe.
(J. W. Goethe in: Maximen und Reflexionen, Nr. 759)

Das Naive als natürlich ist mit dem Wirklichen verschwistert. Das Wirkliche ohne sittlichen Bezug nennen wir gemein.
(J. W. Goethe in: Maximen und Reflexionen, Nr. 1042)

Die Irrtümer des Menschen machen ihn eigentlich liebenswürdig.
(J. W. Goethe in: Maximen und Reflexionen, Nr. 1046)

Das Zurückführen der Wirkung auf die Ursache ist bloß ein historisches Verfahren, zum Beispiel die Wirkung, daß ein Mensch getötet, auf die Ursache der losgefeuerten Büchse.
(J. W. Goethe in: Maximen und Reflexionen, Nr. 597)

Der Handelnde ist immer gewissenlos; es hat niemand Gewissen als der Betrachtende.
(J. W. Goethe in: Maximen und Reflexionen, Nr. 251)

Die Hindus der Wüste geloben, keine Fische zu essen.
(J. W. Goethe in: Maximen und Reflexionen, Nr. 1358)

Die wahre Liberalität ist Anerkennung.
(J. W. Goethe in: Maximen und Reflexionen, Nr. 152)

Die Sinne trügen nicht, das Urteil trügt.
(J. W. Goethe in: Maximen und Reflexionen, Nr. 295)

Das schädlichste Vorurteil ist, daß irgendeine Art Naturuntersuchung mit dem Bann belegt werden könne.
(J. W. Goethe in: Maximen und Reflexionen, Nr. 481)

Ein ausgesprochnes Wort fordert sich selbst wieder.
(J. W. Goethe in: Maximen und Reflexionen, Nr. 1036)

☙

Ein lustiger Gefährte ist ein Rollwagen auf der Wanderschaft.
(J. W. Goethe in: Maximen und Reflexionen, Nr. 1278)

☙

Einen gerüsteten, auf die Defensive berechneten Zustand kann kein Staat aushalten.
(J. W. Goethe in: Maximen und Reflexionen, Nr. 139)

☙

Es ist ganz einerlei, ob man das Wahre oder das Falsche sagt; beidem wird widersprochen.
(J. W. Goethe in: Maximen und Reflexionen, Nr. 1200)

☙

Es ist nichts inkonsequenter als die höchste Konsequenz, weil sie unnatürliche Phänomene hervorbringt, die zuletzt umschlagen.
(J. W. Goethe in: Maximen und Reflexionen, Nr. 1050)

☙

In jeder großen Trennung liegt ein Keim von Wahnsinn; man muß sich hüten, ihn nachdenklich auszubrüten und zu pflegen.
(J. W. Goethe in: Maximen und Reflexionen, Nr. 1257)

☙

Herrschen lernt sich leicht, Regieren schwer.
(J. W. Goethe in: Maximen und Reflexionen, Nr. 102)

Hoffnung ist die zweite Seele der Unglücklichen.
(J. W. Goethe in: Maximen und Reflexionen, Nr. 1132)

Im Idealen kommt alles auf die élans, im Realen auf die Beharrlichkeit an.
(J. W. Goethe in: Maximen und Reflexionen, Nr. 1298)

Geschichte schreiben ist eine Art, sich das Vergangene vom Halse zu schaffen.
(J. W. Goethe in: Maximen und Reflexionen, Nr. 193)

Innerhalb einer Epoche gibt es keinen Standpunkt, eine Epoche zu betrachten.
(J. W. Goethe in: Maximen und Reflexionen, Nr. 977)

Man geht nie weiter, als wenn man nicht mehr weiß, wohin man geht.
(J. W. Goethe in: Maximen und Reflexionen, Nr. 1389)

Man wird nie betrogen, man betrügt sich selbst.
(J. W. Goethe in: Maximen und Reflexionen, Nr. 1141)

Mit den Jahren steigern sich die Prüfungen.
(J. W. Goethe in: Maximen und Reflexionen, Nr. 1330)

Mit Ungeduld bestraft sich zehnfach Ungeduld; man will das Ziel heranziehn und entfernt es nur.
(J. W. Goethe in: Maximen und Reflexionen, Nr. 1281)

Wenn mir eine Sache mißfällt, so laß ich sie liegen oder mache sie besser.
(J. W. Goethe in: Maximen und Reflexionen, Nr. 256)

Sobald die Tyrannei aufgehoben ist, geht der Konflikt zwischen Aristokratie und Demokratie unmittelbar an.
(J. W. Goethe in: Maximen und Reflexionen, Nr. 117)

Toleranz sollte eigentlich nur eine vorübergehende Gesinnung sein: sie muß zur Anerkennung führen. Dulden heißt beleidigen.
(J. W. Goethe in: Maximen und Reflexionen, Nr. 151)

Unser ganzes Kunststück besteht darin, daß wir unsere Existenz aufgeben, um zu existieren.
(J. W. Goethe in: Maximen und Reflexionen, Nr. 126)

Welche Regierung die beste sei? Diejenige, die uns lehrt, uns selbst zu regieren.
(J. W. Goethe in: Maximen und Reflexionen, Nr. 99)

Nach unserm Rat bleibe jeder auf dem eingeschlagenen Wege und lasse sich ja nicht durch Autorität imponieren, durch allgemeine Übereinstimmung bedrängen und durch Mode hinreißen.
(J. W. Goethe in: Maximen und Reflexionen, Nr. 383)

Wer fremde Sprachen nicht kennt, weiß nichts von seiner eigenen.
(J. W. Goethe in: Maximen und Reflexionen, Nr. 1015)

Widerspruch und Schmeichelei machen beide ein schlechtes Gespräch.
(J. W. Goethe in: Maximen und Reflexionen, Nr. 1190)

Zu berichtigen verstehen die Deutschen, nicht nachzuhelfen.
(J. W. Goethe in: Maximen und Reflexionen, Nr. 166)

Zur Methode wird nur der getrieben, dem die Empirie lästig wird.
(J. W. Goethe in: Maximen und Reflexionen, Nr. 553)

Für Sorgen sorgt das liebe Leben,
Und Sorgenbrecher sind die Reben.
(J. W. Goethe in: West-östlicher Divan / Saki Nameh: Das Schenkenbuch)

Jugend ist Trunkenheit ohne Wein…
(J. W. Goethe in: West-östlicher Divan / Saki Nameh: Das Schenkenbuch)

Sich im Respekt zu erhalten,
Muß man recht borstig sein.
Alles jagt man mit Falken,
Nur nicht das wilde Schwein.
(J. W. Goethe in: West-östlicher Divan / Hikmet Nameh: Buch der Sprüche)

Will der Neid sich doch zerreißen,
Laß ihn seinen Hunger speisen.
(J. W. Goethe in: West-östlicher Divan / Buch der Sprüche)

Dem Staate liegt nur daran, daß der Besitz gewiß und sicher sei; ob man mit Recht besitze, kann ihn weniger kümmern.
(J. W. Goethe in: Dichtung und Wahrheit, III, Buch 12)

...die Jugend will lieber angeregt als unterrichtet sein...
(J. W. Goethe in: Dichtung und Wahrheit, II, Buch 8)

In einem wohleingerichteten Staate soll das Recht selbst nicht auf unrechte Weise geschehn.
(J. W. Goethe in: Dichtung und Wahrheit, III, Buch 14)

In einer Stadt wie Frankfurt befindet man sich in einer wunderlichen Lage, immer sich kreuzende Fremde deuten nach allen Weltgegenden hin und erwecken Reiselust.

(J. W. Goethe in: Dichtung und Wahrheit, IV, Buch 18)

Das Betragen ist ein Spiegel, in welchem jeder sein Bild zeigt.

(J. W. Goethe in: Die Wahlverwandtschaften, II, Kapitel 5, Aus Ottiliens Tagebuche)

Die Leidenschaften sind Mängel oder Tugenden, nur gesteigerte.

(J. W. Goethe in: Die Wahlverwandtschaften, II, Kapitel 5, Aus Ottiliens Tagebuche)

Die Schwierigkeiten wachsen, je näher man dem Ziele kommt.

(J. W. Goethe in: Die Wahlverwandtschaften, II, Kapitel 5, Aus Ottiliens Tagebuche)

Ein ruhiger Blick, eine stille Konsequenz, in jeder Jahrszeit, in jeder Stunde das ganz Gehörige zu tun, wird vielleicht von niemand mehr als vom Gärtner verlangt.

(J. W. Goethe in: Die Wahlverwandtschaften, II, Kapitel 9)

Es wandelt niemand ungestraft unter Palmen, und die Gesinnungen ändern sich gewiß in einem Lande, wo Elefanten und Tiger zu Hause sind.
(J. W. Goethe in: Die Wahlverwandtschaften, II, Kapitel 7, Aus Ottiliens Tagebuche)

Jedes ausgesprochene Wort erregt den Gegensinn.
(J. W. Goethe in: Die Wahlverwandtschaften, II, Kapitel 5, Aus Ottiliens Tagebuche)

Wir blicken so gern in die Zukunft, weil wir das Ungefähre, was sich in ihr hin und her bewegt, durch stille Wünsche so gern zu unsern Gunsten heranleiten möchten.
(J. W. Goethe in: Die Wahlverwandtschaften, II, Kapitel 4, Aus Ottiliens Tagebuche)

Wir sind nie entfernter von unsern Wünschen, als wenn wir uns einbilden, das Gewünschte zu besitzen.
(J. W. Goethe in: Die Wahlverwandtschaften, II, Kapitel 5, Aus Ottiliens Tagebuche)

Im Auslegen seid frisch und munter!
Legt ihr's nicht aus, so legt was unter.
(J. W. Goethe in: Zahme Xenien II)

Böser Kampf.
Mittelmäßigkeit ist von allen Gegnern
der schlimmste,
Deine Verirrung, Genie, schreibt sie als Tugend
sich an.
(J. W. Goethe/F. Schiller in: Xenion, Nr. 169)

ꕥ

Was ich nicht loben kann,
Davon sprech' ich nicht.
(J. W. Goethe in: Zahme Xenien IV)

ꕥ

„Was lassen sie denn übrig zuletzt
Jene unbescheidnen Besen?"
Behauptet doch Heute steif und fest,
Gestern sei nicht gewesen.
(J. W. Goethe in: Zahme Xenien III)

ꕥ

Ein leichter Sinn trägt alles!
(J. W. Goethe in: Die Leiden des jungen Werthers, 20. Oktober 1771)

ꕥ

Und ich habe […] gefunden, daß Mißverständnisse und Trägheit vielleicht mehr Irrungen in der Welt machen als List und Bosheit.
(J. W. Goethe in: Die Leiden des jungen Werthers, 4. Mai 1771)

ꕥ

Armut, Keuschheit und Gehorsam – drei Gelübde, deren jedes, einzeln betrachtet, der Natur das unausstehlichste scheint, so unerträglich sind sie alle.
(J. W. Goethe in: Götz von Berlichingen, Erster Akt: Herberge im Wald / Martin)

ഋ

Die Menge schätzt nur den Widerschein des Verdienstes.
(J. W. Goethe in: Götz von Berlichingen, Zweiter Akt: Bamberg / Adelheid)

ഋ

Glückliches Kind! das kein Übel kennt, als wenn die Suppe lang ausbleibt.
(J. W. Goethe in: Götz von Berlichingen, Erster Akt: Jaxthausen / Weislingen)

ഋ

Es ist äußerst schwer, fremde Meinungen zu referieren, besonders wenn sie sich nachbarlich annähern, kreuzen und decken.
(J. W. Goethe in: Zur Farbenlehre, Historischer Teil, Einleitung)

ഋ

Armut ist die größte Plage, Reichtum ist das höchste Gut.
(J. W. Goethe in: Der Schatzgräber)

ഋ

Alle Freiheitsapostel, sie waren mir immer zuwider,
Willkür suchte doch nur jeder am Ende für sich.
(J. W. Goethe in: Venetianische Epigramme, Nr. 20)

ꝏ

Alles in der Welt läßt sich ertragen,
Nur nicht eine Reihe von schönen Tagen.
(J. W. Goethe in: Sprichwörtlich)

ꝏ

Alles Schöne der Alten ist bloß charakteristisch, und bloß aus dieser Eigentümlichkeit entsteht die Schönheit.
(J. W. Goethe in: Der Sammler und die Seinigen)

ꝏ

Das ist Italien das ich verließ. [...]
Deutsche Redlichkeit suchst du in allen Winkeln vergebens;
Leben und Weben ist hier, aber nicht Ordnung und Zucht;
Jeder sorgt nur für sich, mißtrauet dem Andern, ist eitel.
Und die Meister des Staats sorgen nur wieder für sich.
(J. W. Goethe in: Venetianische Epigramme, Nr. 4)

ꝏ

Das reizt nicht mehr, und was nicht reizt, ist tot.
(J. W. Goethe in: Torquato Tasso, Szene II/1, Vers 1034 / Prinzessin)

ꝏ

Das Wort verwundet leichter als es heilt.
(J. W. Goethe in: Die natürliche Tochter, Szene III/4, Vers 1472 / Herzog)

ꕥ

Das Ziel meiner innigsten Sehnsucht, deren Qual mein ganzes Inneres erfüllte, war Italien, dessen Bild und Gleichnis mir viele Jahre vergebens vorschwebte, bis ich endlich durch kühnen Entschluß die wirkliche Gegenwart zu fassen mich erdreistete.
(J. W. Goethe in: Campagne in Frankreich)

ꕥ

Daß kein Neapolitaner von seiner Stadt weichen will, daß ihre Dichter von der Glückseligkeit der hiesigen Lage in gewaltigen Hyperbeln singen, ist ihnen nicht zu verdenken, und wenn auch noch ein paar Vesuve in der Nachbarstadt stünden. Man mag sich hier in Rom gar nicht zurückerinnern; gegen die hiesige freie Lage kommt einem die Hauptstadt im Tibergrunde wie ein altes, übelplaciertes Kloster vor.
(J. W. Goethe in: Italienische Reise, 3. März 1787)

ꕥ

W… und J…
Deine Größe, Berlin, pflegt jeder Fremde zu rühmen;
Führt der Weg ihn zu uns, stutzt er, so klein uns zu sehn.
(J. W. Goethe/F. Schiller in: Xenion, Nr. 180)

ꕥ

Denke ich an Neapel, ja gar nach Sizilien, so fällt es einem sowohl in der Erzählung als in Bildern auf, daß in diesen Paradiesen der Welt sich zugleich die vulkanische Hölle so gewaltsam auftut und seit Jahrtausenden die Wohnenden und Genießenden aufschreckt und irre macht.
(J. W. Goethe in: Italienische Reise, 16. Februar 1787)

…denn höher vermag sich
Niemand zu heben, als wenn er vergibt.
(J. W. Goethe in: Reineke Fuchs, 12. Gesang, Vers 148-149)

Denn welcher Kluge fänd im Vatikan
Nicht seinen Meister?
(J. W. Goethe in: Torquato Tasso, Szene I/4, Vers 600-601 / Antonio)

Der Tüchtige hilft sich wie er helfen kann,
Und wenn zuletzt ihm Fehl zu Fehle schlägt,
Ergibt er sich dem Kreuze, das er trägt.
(J. W. Goethe in: Prolog zur Eröffnung des Berliner Theaters am 26. Mai 1821 / Muse des Dramas)

Der Zeitungsschreiber selbst ist wirklich zu beklagen,
Gar öfters weiß er nichts, und oft darf er nichts sagen.
(J. W. Goethe in: Die Mitschuldigen, Szene II/2 / Wirt)

Die Heil'gen drei König' mit ihrem Stern,
Sie essen, sie trinken, und bezahlen nicht gern...
(J. W. Goethe in: Epiphanias)

Diesem Amboss vergleich' ich das Land, den Hammer dem Herrscher,
Und dem Volke das Blech, das in der Mitte sich krümmt.
(J. W. Goethe in: Epigramme, Nr. 14)

Doch das ist unser schönster und süßester Wahn, den wir nicht aufgeben dürfen, ob er uns gleich viel Pein im Leben verursacht, daß wir das, was wir schätzen und verehren, uns auch wo möglich zueignen, ja aus uns selbst hervorbringen und darstellen möchten.
(J. W. Goethe in: Dichtung und Wahrheit, III, Buch 13)

Ein lebendig existierendes Ding kann durch nichts gemessen werden, was außer ihm ist, sondern wenn es ja geschehen sollte, müßte es den Maßstab selbst dazu hergeben; dieser aber ist höchst geistig und kann durch die Sinne nicht gefunden werden...
(J. W. Goethe in: Studie nach Spinoza)

Eine schlechte Wohnung macht brave Leute verächtlich.
(J. W. Goethe in: Was wir bringen / Vater)

Eine Welt zwar bist du, o Rom, doch ohne die Liebe
Wäre die Welt nicht die Welt, wäre denn Rom auch nicht Rom.
(J. W. Goethe in: Römische Elegien I)

…freilich ist's auch kein Vorteil für die Herde, wenn der Schäfer ein Schaf ist.
(J. W. Goethe in: Brief des Pastors zu ***)

Glückliche Kinder und Jünglinge wandeln in einer Art von Trunkenheit vor sich hin, die sich dadurch besonders bemerklich macht, daß die Guten, Unschuldigen das Verhältnis der jedesmaligen Umgebung kaum zu bemerken, noch weniger anzuerkennen wissen.
(J. W. Goethe in: Dichtung und Wahrheit, IV, Buch 16)

Handelt einer mit Honig, er leckt zuweilen die Finger.
(J. W. Goethe in: Reineke Fuchs, 8. Gesang, Vers 94)

Ja, mit dem besten Willen leisten wir
So wenig, weil uns tausend Willen kreuzen.
(J. W. Goethe in: Die natürliche Tochter, Szene I/5, Vers 415-416 / König)

Ich sitze jetzt im Rohre und kann vor Pfeifenschneiden nicht zum Pfeifen kommen.
(J. W. Goethe in: Italienische Reise, 12. Oktober 1787)

ꕥ

In der Jugend ist ihm ein froher Gefährte der Leichtsinn,
Der die Gefahr ihm verbirgt und heilsam geschwinde die Spuren
Tilget des schmerzlichen Übels, sobald es nur irgend vorbeizog.
(J. W. Goethe in: Hermann und Dorothea, 1. Gesang, Vers 93-95)

ꕥ

Es ist noch immer Zeit wenn das Geschäfte vollbracht ist sich zu schmücken.
(J. W. Goethe in: Elpenor, Szene I/1 / Evadne)

ꕥ

Hat eine bedeutende Ruine etwas Ehrwürdiges, ahnen, sehen wir in ihr den Konflikt eines würdigen Menschenwerks mit der stillmächtigen, aber auch alles nicht achtenden Zeit…
(J. W. Goethe in: Von deutscher Baukunst)

ꕥ

Jedem redlichen Bemühn
Sei Beharrlichkeit verliehn!
(J. W. Goethe in: Sprüche, Nr. 59)

ꕥ

Jedem Tier und jedem Narren haben die Götter seine Verteidigungswaffen gegeben.
(J. W. Goethe in: Die Vögel / Treufreund)

ꙍ

Zum ewigen Krieg.
Keiner bescheidet sich gern mit dem Teile, der ihm gebühret,
Und so habt ihr den Stoff immer und ewig zum Krieg.
(J. W. Goethe/F. Schiller in: Xenion, Nr. 142)

ꙍ

Knaben liebt ich wohl auch, doch lieber sind mir die Mädchen,
Hab ich als Mädchen sie satt, dient sie als Knabe mir noch.
(J. W. Goethe in: Epigramme , Nr. 40)

ꙍ

Machts einander nur nicht sauer,
Hier sind wir gleich, Baron und Bauer.
(J. W. Goethe in: Sprichwörtlich)

ꙍ

…man lebt nur Einmal in der Welt…
(J. W. Goethe in: Clavigo, 1. Akt / Carlos)

ꙍ

Meine Übung, alle Dinge, wie sie sind, zu sehen und abzulesen, meine Treue, das Auge licht sein zu las-

sen, meine völlige Entäußerung von aller Prätention, [...] machen mich im stillen höchst glücklich.
(J. W. Goethe in: Italienische Reise, 10. November 1786)

Mit einem Herren steht es gut,
Der, was er befohlen, selber tut.
(J. W. Goethe in: Sprüche, Nr. 157)

Nichts taugt Ungeduld,
Noch weniger Reue;
Jene vermehrt die Schuld,
Diese schafft neue.
(J. W. Goethe in: Sprüche, Nr. 67)

Nun ging mir eine neue Welt auf. Ich näherte mich den Gebirgen, die sich nach und nach entwickelten.
(J. W. Goethe in: Italienische Reise, 7. September 1786)

Und bring', da hast du meinen Dank,
Mich vor die Weiblein ohn' Gestank!
Mußt alle garstgen Worte lindern,
Aus Scheißkerl Schurken, aus Arsch mach Hintern,
Und gleich' das alles so fortan,
Wie du's wohl ehmals schon getan.
(J. W. Goethe in: An Friedrich Wilhelm Gotter)

Nachahmung.
Ringe, Deutscher, nach römischer Kraft, nach griechischer Schönheit,
Beides gelang dir, doch nie glückte der gallische Sprung.
(J. W. Goethe/F. Schiller in: Xenion, Nr. 386)

ൠ

So fühlt man Absicht und man ist verstimmt.
(J. W. Goethe in: Torquato Tasso, Szene II/1, Vers 969 / Tasso)

ൠ

Solche Ungeheuer, wie der Dom zu Mailand, wo man einen ganzen Marmorberg mit ungeheuren Kosten versetzt und in die elendesten Formen gezwungen hat, ja noch täglich die armen Steine quält, um ein Werk fortzusetzen, das nie geendigt werden kann, indem der erfindungslose Unsinn, der es eingab, auch die Gewalt hatte, einen gleichsam unendlichen Plan zu bezeichnen.
(J. W. Goethe in: Baukunst)

ൠ

Wer Waffen schmiedet, bereite
Krieg und muß davon der Cither Klang nicht erwarten.
(J. W. Goethe in: Achilleis, Gesang 1)

ൠ

Von Verdiensten, die wir zu schätzen wissen, haben wir den Keim in uns.
(J. W. Goethe in: Zum Shakespeares-Tag)

ൠ

Was fruchtbar ist, allein ist wahr…
(J. W. Goethe in: Vermächtnis)

ꕥ

Was ist unser höchstes Gesetz?
Unser eigener Vorteil.
(J. W. Goethe in: Der Groß-Cophta, Szene III/5 / Graf, Domherr)

ꕥ

Und es ist das ewig Eine,
Das sich vielfach offenbart;
Klein das Große, groß das Kleine,
Alles nach der eignen Art.
(J. W. Goethe in: Parabase)

ꕥ

Wo Anmaßung mir wohlgefällt?
An Kindern: denen gehört die Welt.
(J. W. Goethe in: Sprüche, Nr. 39)

ꕥ

Wo ist einer, der sich quälet
Mit der Last, die wir getragen?
Wenn es an Gestalten fehlet,
Ist ein Kreuz geschwind geschlagen.
(J. W. Goethe in: Auf den Kauf)

ꕥ

Die Irrtümer meiner Gegner sind seit einem Jahrhundert zu allgemein verbreitet, als daß ich auf mei-

nem einsamen Wege hoffen könnte, noch diesen oder jenen Gefährten zu finden. Ich werde allein bleiben! – Ich komme mir oft vor wie ein Mann in einem Schiffbruch, der ein Brett ergreift, das nur einen einzigen zu tragen imstande ist. Dieser eine rettet sich, während alle übrigen jämmerlich ersaufen.
(J. W. Goethe zu Johann Peter Eckermann, 10. Februar 1830)

&

Bei den Anstalten zu einem Feste vergißt man oft den einzuladen, dem zu Ehren es angestellt wird.
(J. W. Goethe in: Gespräch mit Friedrich Wilhelm Riemer, 26. April 1810)

&

...die Abwesenden sind wie die Toten fern und ohne Gewalt, deswegen man auch Gutes von ihnen reden soll.
(J. W. Goethe in: Brief an Charlotte von Stein, 9. November 1778)

&

...Die Erinnerung an Abwesende, wird durch die Zeit, nicht ausgelöscht, aber doch verdeckt.
(J. W. Goethe in: Brief an Käthchen Schönkopf, 12. Dezember 1769)

&

...die Fratze des Parteigeists ist mir mehr zuwider als irgendeine andere Karikatur.
(J. W. Goethe in: Brief an F. Schiller, 17. Mai 1797)

&

Die Hoffnung hilft uns leben...
(J. W. Goethe in: Brief an Charlotte von Stein, 9. April 1782)

ꕤ

Die wahre Geschichte der ersten zehn Jahre meines weimarischen Lebens könnte ich nur im Gewande der Fabel oder eines Märchens darstellen; als wirkliche Tatsache würde die Welt es nimmermehr glauben.
(J. W. Goethe in: Gespräch mit Friedrich von Müller, August 1830)

ꕤ

...ein Weib soll ihre Weiblichkeit nicht ausziehen wollen.
(J. W. Goethe in: Brief an Charlotte von Stein, 21. September 1785)

ꕤ

Es ist keine Kleinigkeit, das, was man im zwanzigsten Jahre konzipiert hat, im 82. außer sich darzustellen und ein solches inneres lebendiges Knochengeripp mit Sehnen, Fleisch und Oberhaupt zu bekleiden, auch wohl dem fertig Hingestellten noch einige Mantelfalten umzuschlagen, damit alles zusammen ein offenbares Rätsel bleibe, die Menschen fort und fort ergetze und ihnen zu schaffen mache.
(J. W. Goethe in: Brief an Carl Friedrich Zelter, 1. Juni 1831)

ꕤ

Gar hübsch ists Auf seinem Pferde mit dem Mantelsäckgen, wie auf einem Schiffe herumzukreuzen.
(J. W. Goethe in: Brief an Charlotte von Stein, 2. Dezember 1777)

Helmstedt selbst liegt ganz freundlich, der Sand ist dort, wo ein geringes Wasser fließt, durch Gärten und sonst anmutende Umgebung gebändigt. Wer nicht gerade den Begriff einer lebhaften deutschen Akademie mitbringt, der wird angenehm überrascht sein, in einer solchen Lage eine ältere, beschränkte Studienanstalt zu finden, wo alträumliche Gebäude einem anständigen Haushalt, bedeutenden Bibliotheken, ansehnlichen Kabinetten hinreichenden Platz gewähren und eine stille Tätigkeit desto emsiger schriftstellerisch wirken kann, als eine geringe Versammlung von Studierenden nicht jene Hast der Überlieferung fordert, die uns auf besuchten Akademien nur übertäubt.

(J. W. Goethe in: Tagebuchaufzeichnung, August 1805)

Jede Hoffnung ist eigentlich eine gute Tat.

(J. W. Goethe in: Brief an Friedrich von Müller, 23. September 1827)

...nur immer muß man sorgen, erregt zu werden, um gegen die Depression anzukämpfen. Das ist auch bei jetziger deprimierender Witterung der beste medizinische Rat.

(J. W. Goethe in: Brief an Friedrich von Müller, 6. März 1828)

Reichtum und Schnelligkeit ist was die Welt bewundert und wornach jeder strebt; Eisenbahnen,

Schnellposten, Dampfschiffe und alle mögliche Fazilitäten der Kommunikation sind es worauf die gebildete Welt ausgeht, sich zu überbieten, zu überbilden und dadurch in der Mittelmäßigkeit zu verharren.
(J. W. Goethe in: Brief an Carl Friedrich Zelter, 6. Juni 1825)

℘

Ein zuckersüßes Brüdergen! In der Tat! – Franz heißt die Kanaille?
(F. Schiller in: Die Räuber, Szene I/2 / Schweizer)

℘

Ich fühle eine Armee in meiner Faust – Tod oder Freiheit!
(F. Schiller in: Die Räuber, Szene II/3 / Karl)

℘

…hab mich nie mit Kleinigkeiten abgegeben…
(F. Schiller in: Die Räuber, Szene V/1 / Franz)

℘

Ich weiß wohl, daß derjenige auf Ewigkeit hofft, der hier zu kurz gekommen ist…
(F. Schiller in: Die Räuber, Szene V/1 / Franz)

℘

O daß ihrs begreifen lerntet! daß euch die Schuppen fielen vom Auge!
(F. Schiller in: Die Räuber, Szene I/1 / Franz)

℘

Sag ihnen, mein Handwerk ist Wiedervergeltung – Rache ist mein Gewerbe.
(F. Schiller in: Die Räuber, Szene II/3 / Karl)

Mein Verstand steht still.
(F. Schiller in: Kabale und Liebe, Szene III/2 / Hofmarschall von Kalb)

Seligkeit zerstören ist auch Seligkeit.
(F. Schiller in: Kabale und Liebe, Szene IV/7 / Lady Milford)

...so viel Geld läßt sich, weiß Gott, nicht mit etwas Gutem verdienen.
(F. Schiller in: Kabale und Liebe, Szene V/5 / Miller)

Sünder und böse Geister scheuen das Licht.
(F. Schiller in: Kabale und Liebe, Szene V/1 / Miller)

Ich bin verzagt, wenn Weiber vor mir zittern.
(F. Schiller in: Don Karlos, Szene II/8, Vers 1578 / Don Karlos)

Doch große Seelen dulden still.
(F. Schiller in: Don Karlos, Szene I/4, Vers 687 / Marquis von Posa)

ꕤ

O! sie sind pfiffig, so lang sie es nur mit dem Kopf zu tun haben, aber sobald sie mit dem Herzen anbinden, werden die Böswichter dumm...
(F. Schiller in: Kabale und Liebe, Szene V/1 / Louise)

ꕤ

O der Einfall
War kindisch, aber göttlich schön.
(F. Schiller in: Don Karlos, Szene I/2, Vers 177-178 / Don Karlos)

ꕤ

O eines Pulses Dauer nur Allwissenheit.
(F. Schiller in: Don Karlos, Szene III/2, Vers 2510-2511 / König Philipp)

ꕤ

Das eben ist der Fluch der bösen Tat,
Daß sie, fortzeugend, immer Böses muß gebären.
(F. Schiller in: Die Piccolomini, Szene V/1, Vers 2452-2453 / Octavio Piccolomini)

ꕤ

Der Tag bricht an, und Mars regiert die Stunde.
(F. Schiller in: Wallensteins Tod, Szene I/1, Vers 2 / Wallenstein)

ꕤ

Des Dienstes immer gleichgestellte Uhr...
(F. Schiller in: Die Piccolomini, Szene I/4, Vers 528 / Max Piccolomini)

Die Fabel ist der Liebe Heimatwelt...
(F. Schiller in: Die Piccolomini, Szene III/4, Vers 1632 / Max Piccolomini)

Die Uhr schlägt keinem Glücklichen.
(F. Schiller in: Die Piccolomini, Szene III/3, Vers 1484 / Max Piccolomini)

Hinter dem U kömmt gleich das Weh,
Das ist die Ordnung im a, b, c.
(F. Schiller in: Wallensteins Lager, Auftritt 8, Vers 531-532 / Kapuziner)

Leutselig macht das Mißgeschick...
(F. Schiller in: Wallensteins Tod, Szene IV/2, Vers 2464 / Gordon)

Nur zwischen Glauben und Vertraun ist Friede.
(F. Schiller in: Wallensteins Tod, Szene III/18, Vers 2127 / Wallenstein)

Schnell fertig ist die Jugend mit dem Wort...
(F. Schiller in: Wallensteins Tod, Szene II/2, Vers 779 / Wallenstein)

Verstellung ist der offnen Seele fremd...
(F. Schiller in: Die Piccolomini, Szene I/3, Vers 377 / Oktavio Piccolomini)

Wenn man für jeden Donner und Blitz,
Den ihr losbrennt mit eurer Zungenspitz,
Die Glocken müßt' läuten im Land umher,
Es wär' bald kein Meßner zu finden mehr.
(F. Schiller in: Wallensteins Lager, Auftritt 8, Vers 563-566 / Kapuziner)

Wer nicht ist mit mir, der ist wider mich.
(F. Schiller in: Die Piccolomini, Szene IV/7, Vers 2236 / Illo)

Der Ring macht Ehen,
Und Ringe sind's, die eine Kette machen.
(F. Schiller in: Maria Stuart, Szene II/2, Vers 1210-1211 / Elisabeth)

Für Alles werde Alles frisch gewagt.
(F. Schiller in: Maria Stuart, Szene III/6, Vers 2499 / Mortimer)

...ich bin besser als mein Ruf.
(F. Schiller in: Maria Stuart, Szene III/4, Vers 2426 / Maria)

Was man nicht aufgibt, hat man nie verloren.
(F. Schiller in: Maria Stuart, Szene II/5, Vers 1609 / Elisabeth)

Spart mir den Anblick seiner rohen Sitten.
(F. Schiller in: Maria Stuart, Szene I/3, Vers 255 / Maria)

Geh hin! Du sollst auf Erden für mich zeugen.
(F. Schiller in: Die Jungfrau von Orleans, Prolog, Auftritt 4, Vers 408 / Johanna)

In raues Erz sollst du die Glieder schnüren…
(F. Schiller in: Die Jungfrau von Orleans, Prolog, Auftritt 4, Vers 409 / Johanna)

Sein Maß ist voll, er ist zur Ernte reif.
(F. Schiller in: Jungfrau von Orleans, Prolog, Auftritt 3, Vers 305 / Johanna)

Aber hinter den großen Höhen
Folgt auch der tiefe, der donnernde Fall.
(F. Schiller in: Die Braut von Messina, Szene I/3, Vers 238-239 / Erster Chor)

Der Not gehorchend, nicht dem eignen Trieb…
(F. Schiller in: Die Braut von Messina, Szene I/1, Vers 1 / Isabella)

ꟸ

Schamhafte Demut ist der Reize Krone…
(F. Schiller in: Die Braut von Messina, Szene II/2, Vers 1163 / Don Cesar)

ꟸ

Und allzustraff gespannt zerspringt der Bogen.
(F. Schiller in: Wilhelm Tell, Szene III/3, Vers 1996 / Rudenz)

ꟸ

An's Vaterland, an's teure, schließ dich an,
Das halte fest mit deinem ganzen Herzen.
Hier sind die starken Wurzeln deiner Kraft,
Dort in der fremden Welt stehst du allein,
Ein schwankes Rohr, das jeder Sturm zerknickt.
(F. Schiller in: Wilhelm Tell, Szene II/1, Vers 922-926 / Attinghausen)

ꟸ

Dem Schwachen ist sein Stachel auch gegeben.
(F. Schiller in: Wilhelm Tell, Szene IV/3, Vers 2675 / Wilhelm Tell)

ꟸ

Ein furchtbar wütend Schrecknis ist
Der Krieg, die Herde schlägt er und den Hirten.
(F. Schiller in: Wilhelm Tell, Szene I/2, Vers 314-315 / Stauffacher)

Ertragen muß man, was der Himmel sendet,
Unbilliges erträgt kein edles Herz.
(F. Schiller in: Wilhelm Tell, Szene I/2, Vers 316-317 / Gertrud)

Es hebt die Freiheit siegend ihre Fahne.
(F. Schiller in: Wilhelm Tell, Szene IV/2, Vers 2446 / Attinghausen)

Ihr wart in Straf' gefallen, mußtet euch
Wie schwer sie war, der Buße schweigend fügen.
(F. Schiller in: Wilhelm Tell, Szene I/4, Vers 472-473 / Walther Fürst)

…in gährend Drachengift hast du
Die Milch der frommen Denkart mir verwandelt…
(F. Schiller in: Wilhelm Tell, Szene IV/3, Vers 2572-2573 / Wilhelm Tell)

Mach deine Rechnung mit dem Himmel Vogt…
(F. Schiller in: Wilhelm Tell, Szene IV/3, Vers 2566 / Wilhelm Tell)

Rache trägt keine Frucht! Sich selbst ist sie
Die fürchterliche Nahrung…
(F. Schiller in: Wilhelm Tell, Szene V/1, Vers 3012-3013 / Walter Fürst)

ꟈ

Redlichkeit gedeiht in jedem Stande.
(F. Schiller in: Wilhelm Tell, Szene II/2, Vers 1085 / Stauffacher)

ꟈ

Sie alle ziehen ihres Weges fort
An ihr Geschäft – und Meines ist der Mord!
(F. Schiller in: Wilhelm Tell, Szene IV/3, Vers 2620-2621 / Tell)

ꟈ

So ernst, mein Freund? Ich kenne dich nicht mehr.
(F. Schiller in: Wilhelm Tell, Szene I/2, Vers 195 / Gertrud)

ꟈ

Steh zu deinem Volk,
Es ist dein angeborner Platz.
(F. Schiller in: Wilhelm Tell, Szene III/2, Vers 1726-1727 / Bertha)

ꟈ

Verbunden werden auch die Schwachen mächtig.
(F. Schiller in: Wilhelm Tell, Szene I/3, Vers 436 / Stauffacher)

ꟈ

Wer gar zuviel bedenkt, wird wenig leisten.
(F. Schiller in: Wilhelm Tell, Szene III/1, Vers 1532 / Wilhelm Tell)

ꟈ

Zum letzten Mittel, wenn kein andres mehr
Verfangen will, ist ihm das Schwert gegeben…
(F. Schiller in: Wilhelm Tell, Szene III/2, Vers 1284-1285 / Stauffacher)

ஐ

Die Mehrheit?
Was ist die Mehrheit? Mehrheit ist der Unsinn,
Verstand ist stets bei wengen nur gewesen.
(F. Schiller in: Demetrius-Fragment, Szene I/3 / Fürst Sapieha)

ஐ

Man soll die Stimmen wägen und nicht zählen,
Der Staat muß untergehn, früh oder spät,
Wo Mehrheit siegt, und Unverstand entscheidet.
(F. Schiller in: Demetrius-Fragment, Szene I/3 / Fürst Sapieha)

ஐ

Dreifach ist der Schritt der Zeit,
Zögernd kommt die Zukunft hergezogen,
Pfeilschnell ist das Jetzt entflogen,
Ewig still steht die Vergangenheit.
(F. Schiller in: Spruch des Konfucius)

ஐ

Sprache.
Warum kann der lebendige Geist dem Geist nicht erscheinen!
Spricht die Seele so spricht ach! schon die Seele nicht mehr.
(F. Schiller in: Votivtafeln)

ஐ

Seid umschlungen, Millionen!
Diesen Kuß der ganzen Welt!
(F. Schiller in: An die Freude)

Der beste Staat.
„Woran erkenn' ich den besten Staat?" Woran du die beste Frau kennst! daran, mein Freund, daß man von beiden nicht spricht.
(F. Schiller in: Votivtafeln)

Du hast der Götter Gunst erfahren!
(F. Schiller in: Der Ring des Polykrates)

ꭓ

Hier wendet sich der Gast mit Grausen…
(F. Schiller in: Der Ring des Polykrates)

ꭓ

Es ist nicht draußen, da sucht es der Tor,
Es ist in dir, du bringst es ewig hervor.
(F. Schiller in: Die Worte des Wahns)

ꭓ

Denn das Auge des Gesetzes wacht.
(F. Schiller in: Das Lied von der Glocke)

ꭓ

Da werden Weiber zu Hyänen
Und treiben mit Entsetzen Scherz.
(F. Schiller in: Das Lied von der Glocke)

ꭓ

Wenn die Könige bau'n, haben die Kärrner zu tun.
(F. Schiller in: Kant und seine Ausleger)

ꭓ

Und stündlich mit den schnellen Schwingen
Berühr' im Fluge sie die Zeit,
Dem Schicksal leihe sie die Zunge,
Selbst herzlos, ohne Mitgefühl,

Begleite sie mit ihrem Schwunge
Des Lebens wechselvolles Spiel.
Und wie der Klang im Ohr vergehet,
Der mächtig tönend ihr entschallt,
So lehre sie, daß nichts bestehet,
Daß alles Irdische verhallt.
(F. Schiller in: Das Lied von der Glocke)

Wohltätig ist des Feuers Macht,
Wenn sie der Mensch bezähmt, bewacht...
(F. Schiller in: Das Lied von der Glocke)

Ach wie glücklich sind die Toten!
(F. Schiller in: Das Siegesfest)

...der Schein regiert die Welt, und die Gerechtigkeit ist nur auf der Bühne.
(F. Schiller in: Der Parasit, Szene V/8 / Übersetzung nach Louis-Benoît Picard)

Hast du etwas, so teile mir's mit, und ich zahle was recht ist,
Bist du etwas, o dann tauschen die Seelen wir aus.
(F. Schiller in: Das Werte und das Würdige)

Anmut ist eine bewegliche Schönheit...
(F. Schiller in: Über Anmut und Würde)

ꝸ

Der Freundschaft stolzes Siegel tragen Viele,
die in der Prüfungsstunde treulos fliehn.
(F. Schiller in: An Marie Henriette Elisabeth von Arnim)

ꝸ

Zunächst der Todesstrafe kam die Verweisung. Diese Strafe ist schrecklich in glückseligen Ländern; es gibt Staaten, aus denen es kein Unglück ist verwiesen zu werden.
(F. Schiller in: Die Gesetzgebung des Lykurgus und Solon)

VIII. Geflügelte Gedanken

Du sprichst ein großes Wort gelassen aus.
(J. W. Goethe in: Iphigenie auf Tauris, 1. Aufzug, 3. Auftritt / Thoas)

ഌ

Und an dem Ufer steh' ich lange Tage,
Das Land der Griechen mit der Seele suchend…
(J. W. Goethe in: Iphigenie auf Tauris, 1. Aufzug, 1. Auftritt / Iphigenie)

ഌ

Ach neige,
Du Schmerzenreiche,
Dein Antlitz gnädig meiner Not!
(J. W. Goethe in: Faust I, Vers 3587-3589 / Gretchen)

ഌ

Bedenkt, ihr habet weiches Holz zu spalten…
(J. W. Goethe in: Faust I, Vers 111 / Direktor)

ഌ

Blut ist ein ganz besondrer Saft.
(J. W. Goethe in: Faust I, Vers 1740 / Mephistopheles)

ഌ

Das also war des Pudels Kern!
(J. W. Goethe in: Faust I, Vers 1323 / Faust)

Denn, was man schwarz auf weiß besitzt,
Kann man getrost nach Hause tragen.
(J. W. Goethe in: Faust I, Vers 1966-1967 / Schüler)

Die Träne quillt, die Erde hat mich wieder!
(J. W. Goethe in: Faust I, Vers 784 / Faust)

[Ich bin] Ein Teil von jener Kraft,
Die stets das Böse will und stets das Gute schafft.
(J. W. Goethe in: Faust I, Vers 1336-1337 / Mephistopheles)

Für einen Leichnam bin ich nicht zu Haus…
(J. W. Goethe in: Faust I, Vers 321 / Mephistopheles)

Ihr Mann ist tot und läßt Sie grüßen.
(J. W. Goethe in: Faust I, Vers 2916 / Mephistopheles)

Ich bin von je der Ordnung Freund gewesen…
(J. W. Goethe in: Faust I, Vers 3011 / Marthe)

Ihr naht euch wieder, schwankende Gestalten!
(J. W. Goethe in: Faust I, Vers 1 / Anfangsvers)

❧

Hier ist des Volkes wahrer Himmel,
Zufrieden jauchzet groß und klein:
Hier bin ich Mensch, hier darf ich's sein!
(J. W. Goethe in: Faust I, Vers 938-940 / Faust)

❧

Mir wird von alle dem so dumm,
Als ging' mir ein Mühlrad im Kopf herum.
(J. W. Goethe in: Faust I, Vers 1946-1947 / Schüler)

❧

Nur rastlos betätigt sich der Mann.
(J. W. Goethe in: Faust I, Vers 1759 / Faust)

❧

...Sünd' und Schande
Bleibt nicht verborgen.
(J. W. Goethe in: Faust I, Vers 3821-3822 / Böser Geist)

❧

Uns ist ganz kannibalisch wohl,
Als wie fünfhundert Säuen!
(J. W. Goethe in: Faust I, Vers 2293-2294 / Alle lustigen Gesellen)

❧

Was glänzt, ist für den Augenblick geboren;
Das Echte bleibt der Nachwelt unverloren.
(J. W. Goethe in: Faust I, Vers 73-74 / Dichter)

Was willst du dich das Stroh zu dreschen plagen?
(J. W. Goethe in: Faust I, Vers 1839 / Mephistopheles)

Werd' ich zum Augenblicke sagen:
Verweile doch! du bist so schön!
Dann magst du mich in Fesseln schlagen,
Dann will ich gern zu Grunde gehn!
(J. W. Goethe in: Faust I, Vers 1699-1702 / Faust)

Wer Vieles bringt, wird manchem etwas bringen…
(J. W. Goethe in: Johann Faust I, Vers 97 / Direktor)

Alles Vergängliche
Ist nur ein Gleichnis
Das Unzulängliche,
Hier wird's Ereignis;
Das Unbeschreibliche
Hier ist es getan;
Das Ewig-Weibliche
Zieht uns hinan.
(J. W. Goethe in: Faust II, Vers 12104-12111 / Chorus mysticus)

Bewundert viel und viel gescholten…
(J. W. Goethe in: Faust II, Vers 8488 / Helena)

Bin männlichen Geschlechts, der Geiz!
(J. W. Goethe in: Faust II, Vers 5665 / Der Abgemagerte)

ꝏ

Dem Tüchtigen ist diese Welt nicht stumm…
(J. W. Goethe in: Faust II, Vers 11446 / Faust)

ꝏ

Der Rost macht erst die Münze wert.
(J. W. Goethe in: Faust II, Vers 8224 / Thales)

ꝏ

Die Tat ist alles, nichts der Ruhm.
(J. W. Goethe in: Faust II, Vers 10188 / Faust)

ꝏ

Ein großer Aufwand, schmählich! ist vertan…
(J. W. Goethe in: Faust II, Vers 11837 / Mephistopheles)

ꝏ

Im Vorgefühl von solchem hohen Glück
Genieß ich jetzt den höchsten Augenblick.
(J. W. Goethe in: Faust II, Vers 11585-11586 / Faust)

ꝏ

Zum Augenblicke dürft' ich sagen:
Verweile doch, Du bist so schön!
(J. W. Goethe in: Faust II, Vers 11581-11582 / Faust)

ꝏ

Zum Sehen geboren,
Zum Schauen bestellt,

(J. W. Goethe in: Faust II, Vers 11288-11289 / Lynkeus der Türmer)

&

Was aber ist deine Pflicht? Die Forderung des Tages.

(J. W. Goethe in: Wilhelm Meisters Wanderjahre, Buch II, Betrachtungen im Sinne der Wanderer. Kunst, Ethisches, Natur)

&

Das Klassische nenne ich das Gesunde und das Romantische das Kranke.

(J. W. Goethe zu Eckermann am 2. April 1829)

&

Die Welt ist ein Gefängnis.

(J. W. Goethe in: Götz von Berlichingen, Fünfter Akt: Gärtchen am Turn / Elisabeth)

&

Vor Ihro Kaiserliche Majestät hab ich, wie immer, schuldigen Respekt. Er aber, sag's ihm, er kann mich im Arsch lecken!

(J. W. Goethe in: Götz von Berlichingen, Dritter Akt: Jaxthausen / Götz)

&

Wo viel Licht ist, ist starker Schatten –

(J. W. Goethe in: Götz von Berlichingen, Erster Akt: Jaxthausen / Götz)

Ach, und in demselben Flusse schwimmst du nicht ein zweites Mal.
(J. W. Goethe in: Dauer im Wechsel)

Das wahre Glück ist die Genügsamkeit.
(J. W. Goethe in: Adler und Taube)

Der Augenblick ist Ewigkeit.
(J. W. Goethe in: Vermächtnis)

Der Mensch erfährt, er sei auch, wer er mag,
Ein letztes Glück und einen letzten Tag.
(J. W. Goethe in: Epilog zum Trauerspiele „Graf von Essex“)

Die ich rief, die Geister,
Werd' ich nun nicht los.
(J. W. Goethe in: Der Zauberlehrling)

Edel sei der Mensch,
Hilfreich und gut!
(J. W. Goethe in: Das Göttliche)

Freiheit? Ein schönes Wort wer's recht verstände!
(J. W. Goethe in: Egmont, IV. Aufzug / Alba)

ꝏ

Kennst du das Land, wo die Zitronen blühn [...]?
(J. W. Goethe in: Wilhelm Meisters Lehrjahre, Buch III, Kapitel 1)

ꝏ

Pfingsten, das liebliche Fest, war gekommen...
(J. W. Goethe in: Reineke Fuchs, Gesang 1, Vers 1)

ꝏ

Sie sprach zu ihm, sie sang zu ihm;
Da war's um ihn geschehn:
Halb zog sie ihn, halb sank er hin,
Und ward nicht mehr gesehn.
(J. W. Goethe in: Der Fischer)

ꝏ

Und bist du nicht willig, so brauch' ich Gewalt.
(J. W. Goethe in: Der Erlkönig)

ꝏ

Mir ekelt vor diesem Tintenklecksenden Sekulum.
(F. Schiller in: Die Räuber, Szene I/2 / Karl)

ꝏ

... zerronnen
Wie gewonnen;
(J. W. Goethe in: Reineke Fuchs, Gesang 1, Vers 160-161)

ꕥ

… dem Mann kann geholfen werden.
(F. Schiller in: Die Räuber, Szene V/2 / Karl)

ꕥ

Wär nicht das Auge sonnenhaft,
Die Sonne könnt' es nie erblicken.
(J. W. Goethe in: Die weltanschaulichen Gedichte)

ꕥ

Der Mohr hat seine Arbeit getan, der Mohr kann gehen.
(F. Schiller in: Die Verschwörung des Fiesko zu Genua, Szene III/4 / Mohr)

ꕥ

Drei und zwanzig Jahre,
Und nichts für die Unsterblichkeit getan!
(F. Schiller in: Don Karlos, Szene II/2; Vers 1149-1150 / Don Karlos)

ꕥ

Ein Federzug von dieser Hand, und neu
Erschaffen wird die Erde. Geben Sie
Gedankenfreiheit.
(F. Schiller in: Don Karlos, Szene III/10, Vers 3214-3216 / Marquis von Posa)

ꕥ

Da steh' ich, ein entlaubter Stamm!
(F. Schiller in: Wallensteins Tod, Szene III/13, Vers 1793 / Wallenstein)

ꕥ

Daran erkenn' ich meine Pappenheimer.
(F. Schiller in: Wallensteins Tod, Szene III/15, Vers 1871 / Wallenstein)

ꕥ

Die Sterne lügen nicht.
(F. Schiller in: Wallensteins Tod, Szene III/9, Vers 1668 / Wallenstein)

ꕥ

Es ist der Geist, der sich den Körper baut…
(F. Schiller in: Wallensteins Tod, Szene III/13, Vers 1813 / Wallenstein)

ꕥ

Ich hab' hier bloß ein Amt und keine Meinung.
(F. Schiller in: Wallensteins Tod, Szene I/5, Vers 266 / Wrangel)

ꕥ

Spät kommt ihr – Doch ihr kommt! Der weite Weg […] entschuldigt euer Säumen.
(F. Schiller in: Die Piccolomini, Szene I/1, Vers 1-2 / Illo)

ꕥ

Was ist der langen Rede kurzer Sinn?
(F. Schiller in: Die Piccolomini, Szene I/2, Vers 241 / Questenberg)

ꕥ

Denn ein gebrechlich Wesen ist das Weib.
(F. Schiller in: Maria Stuart, Szene II/3, Vers 1373 / Talbot)

ꕥ

Kurz ist der Abschied für die lange Freundschaft.
(F. Schiller in: Die Jungfrau von Orleans, Szene III/6, Vers 2345 / Lionel)

ꕥ

Mit der Dummheit kämpfen Götter selbst vergebens.
(F. Schiller in: Die Jungfrau von Orleans, Szene III/6, Vers 2319 / Talbot)

ꕥ

Wie kommt mir solcher Glanz in meine Hütte?
(F. Schiller in: Die Jungfrau von Orleans, Prolog, Auftritt 2, Vers 122 / Thibaut)

ꕥ

Das Leben ist der Güter höchstes nicht,
Der Übel größtes aber ist die Schuld.
(F. Schiller in: Die Braut von Messina, Szene IV/10, Vers 2838-2839 / Chor)

ꕥ

Der brave Mann denkt an sich selbst zuletzt…
(F. Schiller in: Wilhelm Tell, Szene I/1, Vers 139 / Wilhelm Tell)

ꕥ

Der kluge Mann baut vor.
(F. Schiller in: Wilhelm Tell, Szene I/2, Vers 274 / Gertrud)

Der Starke ist am mächtigsten allein.
(F. Schiller in: Wilhelm Tell, Szene I/3 / Wilhelm Tell)

Die Axt im Haus erspart den Zimmermann.
(F. Schiller in: Wilhelm Tell, Szene III/1 / Wilhelm Tell)

Durch diese hohle Gasse muß er kommen…
(F. Schiller in: Wilhelm Tell, Szene IV/3, Vers 2560 / Wilhelm Tell)

Ein rechter Schütze hilft sich selbst.
(F. Schiller in: Wilhelm Tell, Szene III/1, Vers 1479 / Wilhelm Tell)

Früh übt sich, was ein Meister werden will.
(F. Schiller in: Wilhelm Tell, Szene III/1, Vers 1481 / Wilhelm Tell)

Ei Vater, sieh den Hut dort auf der Stange.
(F. Schiller in: Wilhelm Tell, Szene III/3, Vers 1815 / Walther Tell)

Wir sind Ein Volk, und einig wollen wir handeln.
(F. Schiller in: Wilhelm Tell, Szene II/2, Vers 1204 / Alle)

Wir wollen sein ein einzig Volk von Brüdern,
In keiner Not uns trennen und Gefahr.
(F. Schiller in: Wilhelm Tell, Szene II/2, Vers 1448-1449 / Rösselmann)

Wem der große Wurf gelungen,
Eines Freundes Freund zu sein,
Wer ein holdes Weib errungen,
Mische seine Jubel ein!
(F. Schiller in: An die Freude)

Den Dank, Dame, begehr' ich nicht...
(F. Schiller in: Der Handschuh)

Ich sei, gewährt mir die Bitte,
In eurem Bunde der dritte.
(F. Schiller in: Die Bürgschaft)

Was wolltest du mit dem Dolche, sprich!
(F. Schiller in: Die Bürgschaft)

Zurück! du rettest den Freund nicht mehr,
So rette das eigene Leben!
(F. Schiller in: Die Bürgschaft)

ꕥ

Der Mann muß hinaus
Ins feindliche Leben.
(F. Schiller in: Das Lied von der Glocke)

ꕥ

Wehe, wenn sie losgelassen…
(F. Schiller in: Das Lied von der Glocke)

ꕥ

Wo rohe Kräfte sinnlos walten,
Da kann sich kein Gebild gestalten…
(F. Schiller in: Das Lied von der Glocke)

ꕥ

Wanderer, kommst du nach Sparta, verkündige dorten, du habest
Uns hier liegen gesehn, wie das Gesetz es befahl.
(F. Schiller in: Der Spaziergang)

ꕥ

Was tun! spricht Zeus…
(F. Schiller in: Die Teilung der Erde)

ꕥ

Die schönsten Träume von Freiheit werden ja im Kerker geträumt.
(F. Schiller in: Briefe über Don Karlos, 2. Brief)

Macht doch den zweiten Fensterladen auf, damit mehr Licht hereinkomme.
(J. W. Goethe in: Letzte Worte, 22. März 1832)

Band 1

Hoffmann von Fallersleben

Gedichte und Lieder

Ausgewählt und kommentiert
von Ulrich Völkel
12 x 21 cm
ISBN: 978-3-939964-29-1

Was weiß man eigentlich über diesen Dichter August Heinrich Hoffmann, der sich nach seinem Geburtsort irreführend und wohl auch etwas eitel von *Fallersleben* nannte, womit man ihn für einen jener Adligen halten konnte, die er ja eigentlich und wenigstens in seinen frühen Gedichten und Schriften heftig bekämpfte, und der zu Dichtern wie Heine (der ihn nicht mochte) oder Freiligrath oder Herwegh gehört? Viel weiß man nicht und viel kennt man nicht von ihm. Scheinbar.

Hoffmann von Fallersleben war ein bedeutender Vertreter jener Generation, die zwischen Aufbruch und Anpassung, zwischen Revolution und Restauration hin und her gerissen wurde im 19. Jahrhundert. Und ist es nicht schon ungeheuer viel, wenn einem die Nachwelt zwar nicht unbedingt Kränze flicht, aber der eine oder andere Vers, der eine oder andere Gedanke Allgemeingut eines Volkes geworden ist?

Band 3

Louis Fürnberg

Mozart-Novelle und Die Begegnung in Weimar

Mit einem Vorwort von Ulrich Völkel

12 x 21 cm

ISBN: 978-3-941830-01-1

Die *Mozart-Novelle* von 1947 handelt von der fiktiven Begegnung des legendären Musikers Mozart und des weltbekannten Verführers namens Casanova in Prag. Fürnberg stellt Casanova nicht als Mitdichter an Mozarts Oper „Don Giovanni“ dar, sondern als Gegenspieler des Komponisten, als typischen „Gecken“ der alten Zeit, der für eine vom Leben abgehobene Kunst plädiert, während Mozarts Kunstauffassung bereits revolutionäre Züge trägt. In farbigen Bildern schildert Fürnberg die Hin- und Hergerissenheit Mozarts, sein Streben nach Anerkennung und sein Buhlen um Respekt am Wiener Hof. Feine Wortspiele und gelungene Dialoge begleiten das Zusammentreffen zwischen diesen beiden grundverschiedenen Menschen. Im August 1829 galt der bevorstehende 80. Geburtstag Goethes als ein wichtiges Datum. Gäste aus nah und fern hatten sich angemeldet und waren angereist. Zu ihnen gehörte der aus seiner polnischen Heimat vertriebene, unstet durch Europa reisende Dichter Adam Mickiewicz. Die historische Erzählung *Die Begegnung in Weimar* behandelt facettenreich das Treffen von Adam Mickiewiczs mit Johann Wolfgang von Goethe.

Volker Ebersbach
Andreas Siekmann

Anekdoten über Goethe und Schiller

176 Seiten
13,5 x 21 cm
ISBN 978-3-937939-12-4

Die besondere Beziehung Goethes und Schiller gibt Anlass für eine gemeinsame Betrachtung der Anekdoten, die nach authentischen Quellen aus beider Leben erzählen. Anekdotisches von der Geburt bis zum Tod Goethes erzählt Volker Ebersbach. Eine Auswahl versucht, die vielen Seiten in Goethes Leben aufzuzeigen. Er war nicht nur Dichter, Minister, nicht nur „der Goethe", er war auch ein Mensch mit Stärken und Schwächen, mit alltäglichem wie ungewöhnlichem Scharfsinn, ein Genießer von Format, ein Genießer nicht nur im Bereich der Sinne, sondern auch des Herzens und des Geistes.
Schiller wird in gut achtzig Anekdoten von Andreas Siekmann in oft alltäglichen, manchmal überraschenden, immer aber merkwürdigen und typischen Situationen dargestellt, so dass der Leser am Ende Goethes Urteil zustimmen wird: „Er war ein wunderlicher großer Mensch."

Julia Roßberg

Der ‚geteilte' Schiller

Die Schiller-Feiern 1955 und 1959
in beiden deutschen Staaten

276 Seiten
15 x 22,5 cm
ISBN 978-3-939964-46-9

Mit dem Entstehen der BRD und der DDR 1949 wurde die Nation und damit auch die identitätsstiftende gemeinsame Erinnerung an Friedrich Schiller geteilt. Beide Staaten gliederten sich infolge des Kalten Krieges in ideologisch entgegen gesetzte Machtblöcke ein und mit ihnen auch die Schillerrezeption. In den Schillerjahren 1955 (der 150. Todestag) und 1959 (der 200. Geburtstag) wandelte sich der bisher gesamtdeutsche Erinnerungsort Friedrich Schiller zum Konkurrenzobjekt beider deutscher Staaten.
Welche (kultur-)politischen Ziele beide Staaten verfolgten, welche (kultur-)politischen Ideologien hinter den Schiller-Feiern standen, wie die deutschlandpolitischen Rahmenbedingungen die Feiern beeinflussten und wie man den Dichter politisch rezipierte, wird in diesem Buch aus der wtv-campus Reihe im Weimarer Taschenbuch Verlag beleuchtet.